異世界でスキルを解体したら

チートな嫁が増殖しました

Isekai de skill wo kaitai shitara cheat na yome ga zoushoku shimashita.

概念交差のストラクチャー

11

千月さかき　イラスト○東西

口絵・本文イラスト
東西

装丁
木村デザイン・ラボ

Contents

第1話「『魔王軍』と戦う勇者を見るため、観光ツアーに行くことになった」

「ただいまーっ‼」

人魚と『魔竜の遺跡』にまつわる事件が終わって、数日後。

僕たちは『港町イルガファ』に帰ってきた。

今回は転移ポータルは使わず、馬車での旅だ。

セシルの体調もあるし、シロにも馬車の旅を体験させてあげたかったからね。

「シロさま。楽しかったでしょうか？」

「すっごく楽しかったよ！　イリスおかーさん。『天竜の翼』も見たよー」

「『翼の町シャルカ』には、先代の天竜さまの翼がまだ、残っていますからね」

シロと手を繋《つな》いで、イリスとセシルが馬車から降りてくる。

「途中で飛竜さんにも会ったよね！　飛んでるの、見たよねー！」

シロは興奮した顔で、空を指さしてる。

「でも、すぐに逃げていっちゃったねー。なんでかなー」

「……飛竜《ワイバーン》のガルフェさんですね」

「……イリスの『竜種超越共感《ドラゴニック・エクス・シンパシー》』に引っかかったのでお呼びしたのですが……あいさつだけで去って行ってしまいました。とても怯《おび》えておりましたね……」

……だよね。

飛竜にとっては、天竜のシロは神さまみたいなものだもんな。

『わ、われに用があるときはいつでも呼んでください！　役に立つので‼』


――って、なんか改まった口調で去って行っちゃったから。

「ふー。やっと着いたわね」

「リタさんも馬車に乗れば良かったのに」

「あなただけ歩いていると、わたくしたちが申し訳なくなりますわ」

「すごいですねぇ。リタさん。健脚ですよねぇ」

リタ、アイネ、レティシアとラフィリアは、馬車から荷物を下ろしてる。

僕は先に出て、屋敷の門を開けた。

鍵はかかったまま。誰《だれ》かが入った形跡はなし……って、あれ？

「……門のところに木の板がはさまってるな。なんだこれ」

鉄製の門の下に、真っ白な木の板が差し込んである。

念のためセシルの『魔力探知』でチェックするけど、魔力はなし。

リタにチェックしてもらっても変なにおいはしない。

板は四角形で、表面に紋章が彫ってある。これは――？

「イルガファ領主家の紋章です。お兄ちゃん」

板を見て、イリスが声をあげた。

「差出人は……イルガファ領主。お父さまですね。宛先はお兄ちゃんになっております」

「領主さんが僕に手紙を？」

心当たりはまったくない。

イリスも、他のみんなも、不思議そうな顔をしてる。

まぁいいや。落ち着いてから確認しよう。

「とりあえず先に荷物を運ぼう。僕も手伝うから」

「ご主人様は休んでいて欲しいの。アイネが運ぶの。よいしょ」

「それは僕の下着だからね。自分で持つからね」

僕はアイネの手から荷物を取った。

そのまま屋敷に戻ろうとする僕の前に──セシルが立ちはだかる。

「アイネのおっしゃる通りです。ナギさまはご主人様なんですから、お仕事はわたしたちに任せてください」

セシルは大きく両腕を広げて、胸を張って宣言する。

「もしものことがあったら大変です！　ナギさまは休んでいてください！」

「はい。イリスとシロはセシルを連行。部屋のベッドで休ませて」

僕は、ぱんぱん、と手を叩《たた》いた。

いい返事と共に前に出たイリスがセシルの手を引き、シロがその背中を押していく。

「な、なんでですか。わたしもナギさまのために働かせて……はたらかせてくださいいいい」

「はいはい。お身体《からだ》を大切にいたしましょうね」

「シロの妹のために、ちゃんと休むべきかとー」

「セシル。抵抗禁止」

「ふぇえええええええええええん」

セシルの声が遠ざかっていく。

そのままセシルはイリスとシロに引っ張られて、屋敷へと入っていった。

「アイネも、セシルの様子を見ていてくれる？　荷物は僕たちが片付けるから」

僕はアイネに言った。

「みんな疲れてるだろうから、今日はお腹《なか》にいいものを作ってくれるとうれしいな。それを食べて、ゆっくり休もう」

「今日は休むの？」

「うん。みんな疲れてるからね」

「わかったの」

アイネは真面目《まじめ》な顔でうなずいた。

「じゃあ、『ボーンドサーペントの干し肉』を使うのは、また今度にするの」

「そろそろその肉の効果を教えてくれないかな!?」

「「「さー」」」

なぜか横を向くアイネ。

リタとレティシアとラフィリアまで……。

……まぁ、みんなの反応を見る限り、あの干し肉の効果は予想がつくけど。

今後の予定が決まるまで、追及するのはやめとこう。

あの干し肉、日持ちするらしいからね。


『ご提案があります。お時間のよろしいとき、領主家にいらしてください』


門の前に挟まっていた板には、そんなことが書かれていた。

イリスの見立てによると、筆跡は領主さんのもので間違いないそうだ。

つまり領主さんは、僕と話したいから時間のあるとき来てね――と言ってるわけか。

用件はわからないけど……。

「領主さんにはお世話になってるからね。行ってみるよ」

「イリスもお付き合いいたしましょう。お兄ちゃんに失礼があってはいけませんからね」

「大丈夫だよ。領主さんはもう、僕たちの味方だし」

「――というのは口実で、イリスは父にお兄ちゃんを自慢したいだけです」

イリスは照れた顔で言った。

「イリスも一歩一歩、大人の階段を登っておりますからね。お兄ちゃんの隣で大人っぽくしているところを、父にも見ていただかないと」

「あたしもご一緒してもいいですか？」

イリスの隣で、ラフィリアが「はい」と手を挙げた。

「あたしも領主家で、ときどきメイドのお仕事をしてるですから。ご一緒すれば、お役に立てるかもなのです」

「わかった。じゃあ今回はイリスとラフィリアに付き合ってもらうよ」

そんなわけで、僕たちは予定通り、今日は一日ひとやすみ。

翌日、イリスとラフィリアが先行して、領主家へと戻っていった。

それから、ふたりに領主さんにアポを取ってもらって——


僕はイルガファの領主さんと面会することになったのだった。


「わざわざ来ていただいて申し訳ありません。『海竜の勇者』さま」

ここは、イルガファ領主家の領主の間。

僕の正面には、イルガファの領主さん——イリスのお父さんが座っている。

テーブルの上には、４人分のお茶とお菓子がある。

お茶はフルーティないい香りがする。お菓子もフルーツ入りの高級そうなものだ。

……ちょっと分けてくれないかな。留守番中のみんなにも食べさせてあげたいから。

僕の右側にはイリスが座ってる。ラフィリアは椅子の後ろで、僕たちを守るように立っている。

イリスは緊張した顔だ。

『海竜ケルカトル』を味方につけてから、イリスとお父さんの関係は良くなってる。

それでもやっぱり、落ち着かないみたいだ。

テーブルの下でイリスの小さな手が、僕の手を握ってるから。

「どのようなご用件でしょうか。イルガファ領主さま」

僕はイリスの手を軽く握り返してから、言った。

「いただいた書状には『お話がしたい』とだけありましたので、詳しい事情はわからないのですが」

「申し訳ありません。内容が、他の者の目に触れることは避けたかったもので」

「もしかして、王家に関わることでしょうか？」

「どうしてそうお考えなのですか？」

「イルガファ領主家は、第3王女クローディア姫と友好関係にあると聞いています。もしかしたら、殿下の方から、なにか情報が入ってきたのではないかと思いまして」

「さすがは『海竜の勇者』さま。鋭いですな」

領主さんは感心したようにうなずいた。

「イリスのお兄ちゃんですから」

「あたしのマスターでもあります」

イリスとラフィリアも感心したように——って、口に出したら駄目だろ。

領主さん、苦笑いしてるからね。

「クローディア殿下からは、王都やそのまわりで起きた事件やイベントなどについて、様々な情報をいただいております。それで今回、このような情報を頂戴しまして……」

領主さんは、テーブルの上に羊皮紙を置いた。

そこに書かれていたのは――

「商業都市メテカルで……『公式勇者部隊の出陣式典』が開催される、ですか」

内容は次の通り。

近々商業都市メテカルから、王家と貴族によって選ばれた、公式な勇者パーティが魔王討伐に出発する。それに合わせて、出陣式典が行われる。

なので、近くの都市や町の領主には、式典の費用への出資依頼が来ると思われる。できるだけ華々しく、勇者の出陣式典を盛り上げるために――だそうだ。

ご丁寧に、他の町が出す出資金の額まで書いてある。

僕たちが100年は暮らせそうな金額だ。びっくりだよ……。

「驚きました。私の生きている間に、このように栄誉ある式典が行われるとは」

領主さんは、興奮した顔で言った。

荘厳な儀式に参加しているかのように、両腕を広げて、

「辺境にいる魔王が、人間の世界への侵攻を企《たくら》んでいるという話は、私も聞いております。今の平和でさえも、いつか魔王が来れば壊れてしまうということも。『海竜ケルカトル』に守られたこの町であっても例外ではないかもしれないのです……」

「……そうですね」

「それゆえ陛下と上位貴族の皆さまは、先んじて魔王を討伐するための『公式勇者』を派遣することを決断なされたとのこと！　そのための出陣記念式典なのです。これほど素晴らしいことが、他にありましょうか！」

領主さんは感極まったように叫んだ。

クローディア姫からの書簡を見ながら、震えてる。涙まで流してる。

魔王を倒す勇者のための出陣式で、国の一大イベントだもんな。感動するのも無理ないよな。

「どう思う。イリス」

僕はイリスの耳元にささやいた。

「クローディア殿下の名前はあるけど……この手紙、本物だと思う？」

「間違いございません。下にある花押は、王家の王子王女が使うものですから」

「ということはクローディア殿下からの正式な情報、ってことか」

魔王を退治するための『公式勇者部隊の出陣式典』か……。

魔王って聞くと、召喚された頃《ころ》を思い出す。

そもそも、僕たちは元々、魔王退治の名目でこの世界に召喚されたんだっけ。

本当は、召喚されてすぐに辺境へと転送される、って話だった。

僕はすぐに王宮を追い出されたけど、他の人たちも結局、辺境には転送されてなかった。

召喚された勇者は貴族の下働きとして、竜やその他の遺跡の捜索なんかをやってただけだ。

その勇者を貴族に派遣していたのが『白いギルド』。

そのギルドを裏で操っていたのが『ギルドマスター』だった。

『ギルドマスター』の正体は、かつて勇者に滅ぼされた『地竜アースガルズ』の魂の片割れだ。

彼女は『ギルドマスター』として、勇者と貴族を操ってた――というより、彼らに好き勝手やらせてた。出世欲や、自己顕示欲を暴走させて、そのための人材や道具を用意していた。

それが『ギルドマスター』の復讐だったんだ。

でも、彼女はもういない。

僕が聖剣を変化させたことで、満足して消えてしまった。

ヤマゾエたち『白いギルド』の連中も、スキルを奪われて元の世界に帰っていった。

だから、『白いギルド』は少なくとも、元の体制では活動していないはずだ。

「なのにどうして、今さら『魔王討伐パーティ』の出陣式なんかやるんだろうな……？」

「……お兄ちゃん」

「……マスター」

イリスもラフィリアも、心配そうな顔をしてる。

「そもそも『公式勇者』ってのがおかしい。召喚された人間は、みんな勇者じゃなかったのか？

第8世代とか言ってたけど……でも、それはもう終わったと思ってたのに」

普通だったら「いよいよ魔王軍討伐か」って、燃えるシチュエーションなんだろうけど。

でも、僕たちは裏の事情を知ってるからね。

勇者をまとめていた組織が消えたことも。残ってるのは、組織の背後にいた錬金術師《アルケミスト》と王家くらいだってことも。

本当は、しばらく放っておくつもりだった。

セシルの体調が落ち着くまでは、関わるつもりはなかったんだけど——

奴《やつ》らが大々的なイベントを計画してるとなると……確認くらいはしておかないと。

「領主さまはどうしてこれを僕に？」

「おお、そうでありましたな！　その説明を忘れておりました！」

顔を紅潮させた領主さんは、テーブルに手を突き、身を乗り出した。

「私は『海竜の勇者』さまに、『公式勇者部隊の出陣式典』を見てきて欲しいと思ったのです」

「僕に、ですか？」

「商業都市メテカルは、出陣式前のお祭り騒ぎになっておるとのこと。そこであなたが見たことと感じたことを、私に教えていただきたいのです」

「それは構いません。でも、どうしてですか？」

「式典が終わったあと、今度は公式勇者への支援金を出すことになっているからですよ」

「……大変ですね」

式典への出資金の次は、公式勇者への支援金か。

そりゃ確かに、魔王退治に行く勇者のためなら、町や村が支援するのは当然なんだろうけど。

世界を滅ぼす魔王がいなくなれば、それだけのメリットがあるわけなんだから。

……本当に魔王がいればの話だけど。

「支援金を出すのは名誉なことです。ただ、その前にあなたに『公式勇者部隊の出陣式典』を見てきてもらい、その感想をうかがいたいと思ったのです。我が町が、どれだけの支援金を出すかを決める参考に……ああ、もちろん『海竜の勇者』さまに責任を負わせるつもりはございません」

領主さんは早口で言ってから、

「ただ、あなたは『海竜ケルカトル』を味方につけて、我が娘『海竜の巫女《みこ》』を、実質、めとっております」

「はい。めとられております！」

領主さんの言葉に、イリスがしゅた、と手を挙げた。

「すでにイリスとお兄ちゃんは、魂で繫がっておりますから」

「けれど『海竜の勇者』さまは、私になにも要求されておりません。巫女と海竜を味方につけた方の要求であれば、私は受け入れるしかありません。けれど、あなたはただ、娘とともにあり、それで満足しているように見受けられます」

「僕は自分のしたいことをしてるだけですよ」

「そういうあなたの意見なら、信頼できると思ったのです」

そう言って、領主さんはうなずいた。

「話が複雑になりすぎましたな。要は、商業都市メテカルまで観光ツアーに行ってきてください、というお話ですよ」

「観光ツアー、ですか」

「そして後で、あなたの見たものについてレポートを提出していただく、そういうクエストだとお考えください。もちろん、断られても文句はありませんよ」

テーブルの上には、羊皮紙の束がある。

『公式勇者部隊の出陣式典』の内容と、僕たちへの依頼について書かれたものだ。

依頼は、僕たちが商業都市メテカルまで観光に行くこと。その間に見たものと感じたことを、領主さんにレポートとして伝える。それだけだ。

「わかりました。この依頼、受けます」

勇者パーティのことは気になるからね。背後に王家や、錬金術師がいるかもしれないし。

そんなことを考えながら、僕たちは応接室を出た。

「マスター、ひとつ気がついたことがあるのです」

領主家の廊下を歩きながら、ラフィリアが言った。

「気がついたこと？」

「これはあたしが領主家でメイドさんをやってたとき、噂話《うわさ》で聞いたのですけれど」

僕が聞くと、ラフィリアは白い指を、ぴん、と立てて、

「そもそも『メテカル観光ツアー』は、領主さまご自身が行くために計画されていたらしいです」

「そうなの？」

「はい。でもその後、クローディア姫さまが来たり、『次期領主おひろめパーティ』のことでごたごたして、結局、領主さまはイルガファを離れられなくなったです。だから、マスターにその権利を譲ることにしたのだと思うですよ」

「無駄にしないように？」

「だと思うです」

ラフィリアはうなずいた。

「そうじゃなかったら、こんなスキルを準備してるわけないのですよ」

「確かに」

僕は手の中にあるスキルクリスタルを見た。領主さんがくれたものだ。

ふたつある。ひとつは『乗り物酔い対策ＬＶ３』。

馬車で旅をするとき、長時間の振動に耐えることができるスキルらしい。

もうひとつは『人脈拡大ＬＶ２』。

こっちは人脈を広げるためのスキルだけど……僕には使い道がなさそうだ。

ラフィリアの言う通り、領主さんが自分で使うために用意したものだろうな。

「父は、コストとメリットを重視いたしますからね」

イリスは、納得したようにうなずいてる。

「時間をかけて決めた旅行の計画と今までかかった費用を、捨てることができないのでしょう」

「なので、元々観光ツアーなのです。マスターはお気を遣わず、楽しまれるといいと思うのです」

なるほど。

そういうことなら、遠慮することもないか。

「すごいな。ラフィリアも、イリスも」

「いえいえ。マスターのお役に立ててうれしいのです」

「イリスもです。お兄ちゃん」

これで方針が決まった。

僕たちは領主さんの代わりに『商業都市メテカル観光ツアー』に行く。

ついでに『公式勇者部隊の出陣式典』を見て、メテカルを偵察してくる。これでいこう。

「それじゃ、帰って参加メンバーを決めよう」

僕とイリスとラフィリアは家に戻ることにした。

第2話「ほわほわラフィリアの悩みと、『お風呂場でバッタリ』願望」

「じゃあ、ちょっとメテカルに行ってくるね。セシルは安静にしてるように」

「はい。ナギさま」

その日の夜。

僕はセシルの様子を見にきていた。

顔がちょっと赤い。疲れが出たのかな。

「イルガファの領主さまが……ナギさまのために観光ツアーを、ですか」

話を聞いたセシルは、感動したような顔をしてる。

「やっぱりナギさまはすごいです。イルガファの領主さまも、いつの間にか味方にしてしまっているんですから……」

「まぁ、そのあたりはイリスと『海竜ケルカトル』のおかげだけどね」

「ご旅行、楽しんできてくださいね」

「うん。メテカル行きは僕やセシル、シロ。他のみんなにとって必要なことだからね」

「わたしや、みなさんにとって?」

「……こういうこと言うのは照れくさいんだけどね」

いや、本当に。

今が夜じゃなくて、僕とセシルのふたりきりじゃなければ口にできないくらい。

「いい機会だから、セシルの子どもが安心して暮らせるように、この世界の『ブラック』の源がどこにあるのか、見ておきたいと思ったんだ」

「……ナギさま」

「『地竜アースガルズ』は消えたけど、勇者が全員いなくなったわけじゃない。錬金術師《アルケミスト》と王家もいる。彼らが今回の『公式勇者部隊の出陣式典』にも関係してるかもしれない。念のため、そういうものの存在を確認しておきたいんだ。そうじゃないと……」

照れくささも限界だった。

僕はセシルから顔を逸《そ》らして、

「……安心して子育てもできないからね」

今まで僕たちは、貴族が操る勇者たちと戦ってきた。

その結果『白いギルド』の『ギルドマスター』は消えて、勇者たちの組織は終わった。

でも、今度は王家が認めた『公式な勇者』が、なにかしようとしてる。

本当に魔王を倒すためならいいんだけど、もしも、なにか別の企《たくら》みがあるとしたら――

「――そろそろ決着をつけた方がいいんだろうな」

「ナギさま、かっこいいです……」

「……照れるからそういうこと言わないの」

「だって、ナギさまとわたしの子どものために調査に行かれるんですよね。それってすごくかっこいいことで……ドキドキします」

セシルの顔は真っ赤《まか》だった。

いかん、僕の顔も熱くなってる。子育てとか言っちゃったせいだ。

「ナギさま、お顔、真っ赤ですよ？」

「人のこと言える？　セシル」

「……言えないです。顔、熱くなってるの、わかりますから」

「……だよね」

お互い、色々触れ合って、子どももできたけど──セシルは照れ屋のままで、僕も不器用なまま
なんだよな。それでいいのかもしれないけど。

「セシルの体調が落ち着いたら、みんなで『魔族の都』を探しに行こう」

『地竜アースガルズ』は消える前に、『魔族の都』があった場所を教えてくれた。

そこはセシルのご先祖が住んでいた場所で、いつかは、行かなきゃいけない場所だ。

「だから、僕が戻るまで、セシルはおとなしくしていること。いいね」

「はい。ナギさま。お言葉に従います」

セシルは笑って、僕はセシルの手を握って、それからまた僕たちは話をしたのだった。


「セシルちゃんのことはアイネにお任せなの！　こういう時のための準備はしてあるの」

メイド服のアイネは、むん、と拳《こぶし》を握りしめた。

完全にお世話モードに入ってる。

「なるべく早く戻るから、アイネも無理しないでね」

「無理なんかしないの。これはアイネのしたいことだから、するの」

アイネは優しい笑みを浮かべた。

「楽しい気持ちになることを、苦労や無理とは言わないの。アイネにとっては、新しい家族を迎えるのは絶対、なにをおいてもしたいことだから」

「そっか」

「そうなの」

「わかった。じゃあ、セシルをよろしくね」

「任せてなの」

「くれぐれも、やりすぎないようにね」

「大丈夫。アイネが全力を尽くして、セシルちゃんには安静にしていてもらうの」

「本人の意見もちゃんと聞いてね!?」

大丈夫かな。ほんとに。

「僕の方は、ラフィリアとカトラスについてきてもらうよ。ラフィリアには魔法関係の補助を、カトラスには護衛をお願いすることにしてるから」

「シロも行きたいかと!」

不意に椅子の上で立ち上がり、シロが手を挙げた。

「天竜の力で、おとーさんを助けてあげるかと！　あと、生まれたてのシロには『じんせいけいけん』が必要だと思うかと！　旅行はいい経験になるかと!!」

「わかった。けど、その言い回しはどこで覚えたの？」

「おとーさんの言い方の真似《まね》！」

反省しよう。

それと、イリスはイルガファに残るみたいだ。

セシルとアイネの手伝いをすることで、人生経験を積みたいって言ってた。

……意味はよくわからないけど。

「リタは、こっちに残ってもらおうかな」

「え？　私、留守番なの？」

リタがシロを抱っこしながら、ぴん、と、獣耳を立てた。

「うん。リタには緊急時の連絡役をやってもらおうと思ってる。急な用事ができたり、僕に連絡を取りたくなったら、いつでも動けるようにして欲しいんだ。いわば遊撃部隊だね」

「……わかったもん」

リタは納得したように、うなずいた。

とまぁ、連絡役・遊撃部隊ってのは半分口実だ。

リタはいつも最前線で戦ってくれてるからね。セシルと一緒に、お休みして欲しいのが本音だ。

「レティシアはどうするのかな？」

「こっちに残るって言ってたの。旅行続きだったから、少しお休みするって」

アイネは言った。

じゃあ、これで全員の予定は決まりだ。

メテカル観光ツアーに行くのは、僕とシロ、ラフィリアとカトラス。

港町イルガファに残るのは、セシル、リタ、アイネ、レティシア、イリス。

こういう組み合わせになった。

「今回は戦いに行くわけじゃないからね。情報さえ手に入れたら、すぐに帰ってくるよ」

僕はみんなに言った。

メンバーにカトラスを入れたのは本人の希望だ。

王都に近い町に行ってみたいって言ってた。カトラスは現国王の血を引いてるからね。王家に関係することが気になるみたいだ。

ラフィリアも、話を聞いてすぐに「行きたいです」って手を挙げてた。

いつもほわほわなラフィリアだけど、今回は不思議なくらい、やる気になってる。

「じゃあ、打ち合わせをしようか。カトラスは先に僕の部屋に行ってて」

「はいであります。あるじどの」

「……ラフィリアは。あれ？」

さっきまでいたんだけど、いなくなってる。

夜風にでも当たりにいったのかな。

僕はラフィリアを探しに行くことにした。

「……あれ？　マスター、どうしたですか？」

見つけた。

ラフィリアは庭に立って、月を見ていた。

薄い寝間着姿で、夜風に、ピンク色の髪を揺らしてる。

「ラフィリアを探してたんだ」

「あたしをですか？」

「ちょっと話がしたくて。隣、いいかな」

「もちろんなのです。あたしのすべては、マスターのためにあるのですから」

ラフィリアは照れたように笑いながら、身体《からだ》をずらした。

庭の小さな椅子の上。

僕とラフィリアは居場所をはんぶんこして、座った。

「ラフィリアが、いつもと雰囲気が違ってるような気がしたから、気になってね」

「ふふふ。マスターには、いつもあたしのすべてがばればれなのですねぇ」

ラフィリアは寝間着の襟元をゆるめて、ぱたぱた、と、風を送ってる。

「なにか気になることがあるんだよね。聞いてもいい？」

「……あたしは、口下手《くちべた》ですから、うまく言えないのですが……」

ラフィリアは目を伏せた。

「いいよ。ゆっくりで」

僕が言うと、ラフィリアは、ことん、と、僕の肩に寄りかかってくる。

いつもは天然のラフィリアだけど、今日はなぜか、さみしそうな顔だった。

「『地竜アースガルズ』さん——『ギルドマスター』さんの方が消えたとき、ふと思ったのです。あの人にひどいことをした聖剣を作ったのは、誰《だれ》だったのですか、って」

「聖剣を作った人か……」

僕は『地竜アースガルズ』の言葉を思い出す。

あの聖剣ドラゴンスレイヤーを作ったのは……確か。

「『竜に恨みを持つ錬金術師』だっけ」

「はい。でも、そんなすごい力を持つ錬金術師なんて、めったにいないです。高い魔力と技術が必要なのです。そしてそれは、人間とは限らないです。そして今も『白いギルド』には、錬金術師がいるですから……」

「……もしかして、ラフィリア」

僕は横を見た。

ラフィリアは目をうるませて、泣きそうな顔をしていた。

久しぶりだ。ラフィリアの、こんな顔を見るのは。

僕たちの仲間になってからは、いつもほわほわ明るくて、みんなを元気づけてくれてたから。

「ラフィリアはその錬金術師が『古代《エルダー》エルフ』と関わりがあるかも、って思ってる？」

「……マスターといると、ほんとに、心地よいです」

ラフィリアは目を閉じて、僕の肩にほっぺたを押しつけた。

「あたしの不安も、心配も、マスターには全部わかっちゃうですから」

「だから、『公式勇者部隊の出陣式典』に一緒に行きたい、って言ったんだね」

「はいです。あたしは古代エルフに作られた『古代エルフレプリカ』ですからねぇ」

ラフィリアは長い耳を、つんつん、と突っついた。

「あたしを作った人たちが、みんなに迷惑をかけてるかも、って思うと、なんだか、ざわざわするですよ。落ち着かないのです……」

「大丈夫だよ」

僕はラフィリアの肩に手を乗せた。

ラフィリアは『古代エルフレプリカ』として、『古代エルフ』によって作られた。

それは以前『霧の谷』で同族が入っていた棺《ひつぎ》を見たことから、確定してる。

でも、僕たちは『古代エルフ』に出会ったことはない。

わかるのは彼らが高い技術を持っていたことだけだ。

そして、王さまと『白いギルド』の側には、マジックアイテムを作れる『錬金術師』がいる。

ラフィリアが『古代エルフ』との関わりを疑うのも、無理ないよな。

「今回の旅では、僕も錬金術師について調べるつもりでいるから」

「……マスター」

「もしも相手が『古代エルフ』なら話は早い。こっちにはラフィリアがいるんだから、話くらいはできるはずだ。天竜のシロが人の姿で生まれたことを伝えれば、王家から手を引くように説得もできるかもしれない」

「ですね。それはあるかもしれないです……」

ラフィリアは拳《こぶし》を握りしめた。

それから、ぱぁ、と、笑顔になって立ち上がる。

「希望が見えてきたです！　この旅であたしは『古代エルフ』の手がかりをつかめるかもしれないですね！　がんばるです‼」

よかった。

ラフィリア、元気になったみたいだ。

「それじゃラフィリアには、これを持っててもらおうかな」

僕は懐から、水晶玉がついたペンダントを取り出した。

人魚さんからもらった『衣《い》のペンダント』だ。

「これは自分のまわりに、自由に服を作り出せるペンダントだ。ラフィリアは『かっこいい服』とか好きだよね？　これがあれば、好きな装備や服を擬似的に作って、みんなに見せることができるんだ。気持ちが落ち込んだときには、それでストレスを発散するといいよ」

「これを……あたしに、くださるのですか？」

「うん。ラフィリアが使っていいよ」

「あたしが落ち込んだとき、これでストレスを発散するですね？」

「そうだね。でも、使うのは仲間内限定でね」

「あたしが落ち込んだとき、これでみんなも気持ちよくなるですね？」

「そうだよ……って、なんで2回聞くの？」

「わかったです。よーく、わかったですぅ」

ラフィリアは両手で『衣のペンダント』を握りしめてる。

目にうっすらと涙を浮かべてる。

気に入ってくれたみたいだ。よかった。

「このラフィリア＝グレイス。全身全霊をもって誓うです。マスターのため、この旅で全身全霊をもってお仕えすることを、です」

「そんなに気合いを入れなくてもいいけど、でも、よろしく」

「はい。よろしくです！」

僕とラフィリアは座ったまま、握手。

それからしばらく、一緒に月を眺めていたのだった。


数日後。

「それじゃちょっと行ってくる。あとはよろしくね」

「行ってくるです！」

「あるじどのは、ボクがお守りするでありますよ！」

「帰ったら、赤ちゃんを抱っこするかと！」

「そんなに早くは生まれぬぞ、天竜っ子よ。道々説明してやろう‼」

僕とラフィリア、カトラスとシロとレギィは、港町イルガファを出発した。

ここから温泉地リヒェルダを経由して、商業都市メテカルへ。

領主さんからレンタルした馬車に乗っての、のんびりした旅だ。

「まさか僕が豪華ツアーに行くことになるとはなぁ」

元の世界にいた時には、考えもしなかった。

『公式勇者部隊の出陣式典』のことは気になるけど、本当はなにも起こらなければいいと思ってる。

『白いギルド』が崩壊したのをきっかけに、王家も勇者召喚をやめて、魔王がいるならさくっと倒して、あとは近場の魔物を処理して――と、そんな感じになってればいいいな。

「そういえば明日は、温泉地リヒェルダにお泊まりなのですねぇ」

馬車の座席に座ったラフィリアが、ふと、つぶやいた。

ちなみに、僕とカトラスは御者席に座ってる。

シロと、人間の姿になったレギィは、馬車の屋根に座ったり、床をごろごろ転がったりしてる。

フリーダムだ。

「そうだね。今日は途中の村で泊まって、明日は温泉地に着く予定だよ」

「マスターと初めて出会ったのは、あの温泉地でしたね」

「……そういえばそうだったね」

ちなみに、イリスと初めて出会ったのも、温泉地リヒェルダだ。

あの場所には思い出があるんだよな。

「そのお話は聞いたことなかったであります」

「教えて教えてー」

カトラスとシロが声をあげた。

レギィは僕の隣に来て、にやにや笑いを浮かべてる。なんでだ。

「そうですね……あたしは温泉地リヒェルダに、冒険者としてやってきたです」

まるで夢見るような声で、ラフィリアはつぶやいた。

「そして――マスターに生まれたままの姿を見られてしまったです」

「「「おおー」」」

「略しすぎじゃない⁉」

その間にいろいろあったよね？

『偽魔族』の襲撃を受けたり、セシルとアイネが魔物を一掃したりしたよね？

「……ごめんなさいです。マスターと脱衣所で出会った印象が強すぎて、他のことはすべて吹き飛んでしまったです」

「「「あー」」」

「だからレギィもカトラスもシロも、納得しないの」

「考えてみると……あのとき、マスターは服を着ていたのですねぇ。不公平ですねぇ」

「……確かに」「やり直すべきじゃな」「わからないけど、そうするべきかと！」

「こら――――っ！」

ラフィリアの言葉に、なぜか納得してしまうレギィとカトラス、シロ。

みんなを乗せて、馬車は順調に進んでいき――

午後早くに、僕たちは今日の宿泊地にたどりついたのだった。

今日の宿泊地は、街道沿いにある小さな村だ。

温泉地と港町の中間地点にあるからか、結構栄えてる。

「温泉はないですねぇ」

「それは明日だよ。ラフィリア」

「それでは明日まで、あたしはマスターと『お風呂場でバッタリ』するのを我慢しなければいけないのですか……」

「それ確定なの？」

「確定じゃ」「じゅ、順番があるでありますから」

そういうことになったらしい。


「ではでは、今日は早めに休んで、明日に備えるです」

「そうするのじゃ」「そうするであります」「おやすみー」

「せっかく来たんだから観光しようよ」

みんなは温泉のことで頭がいっぱいになっているみたいだ。

気持ちはわかる。

レギィはあの町の足湯が大好きだし、カトラスとシロはあの町に行ったことがないからね。

明日は早めに出発しよう。

そんなわけで僕たちは、そのまま宿に。

日が落ちると同時に眠りについて、翌朝、さっさと出発したのだった。


「「おーんせん。おーんせん」」

「お風呂場でばったりーなのじゃー」

「楽しみであります……いえ、お風呂がでありますよ⁉　ばったりは考えてないであります！」

街道を進む馬車の中。

ラフィリアとシロの歌と、レギィの楽しそうな歌が聞こえてる。

カトラスは真っ赤《まか》になっちゃってるけど。

「目的は『公式勇者部隊の出陣式典』を見ることだけど……旅行も楽しまないとね」

せっかく領主さんからツアーの機会をもらったんだ。

セシルたちにお土産話ができるくらい、楽しい旅にしよう。

そのためには……綿密な計画が必要だな。

まずは今日、昼過ぎに温泉地リヒェルダに着くから、その後、みんなで足湯。

それから温泉地名物を楽しんで、夕方にお風呂。

お風呂場でばったりは……どうしよう。

ラフィリアとレギィは本気だ。これは回避するべきなんだろうか。

というか、回避していいものなんだろうか……。

「あるじどの！　人が襲われているであります‼」

「──⁉」

不意に、カトラスの声が響いた。

街道の脇《わき》の平原。そこを、長い髪の少女が逃げ回ってる。

後ろにいるのは……黒い犬。『ダークハウンド』だ。こんな街道の近くにも出るのか。

「僕とカトラスが救助に行く。ラフィリアは援護を！」

「わかりましたー！　お気をつけて‼」

僕とカトラスは武器を手に走り出す。

でも、おかしい。

この場所は村からそれほど離れていない。

しかも今は朝早く。なのに魔物に追われている少女は、武器も荷物も持っていない。

旅人かな？

でも、こんなところで野宿するなら、村まで歩いた方が安全なはずなんだけど……。

「なんでもいいか。魔物は3匹だ。僕たちでなんとかしよう」

「いくでありますよー！　『聖騎士変化《パラディンモード》』‼」

先行するカトラスの身体《からだ》が、光を放った。

彼女の身体からあふれる魔力が寄り集まり――銀色の鎧《よろい》に替わる。

これが『聖騎士変化』。

僕とカトラスが『魂約《エンゲージ》』したことで覚醒した、新たなスキルだ。

「すごいであります……この鎧、重さを感じないでありますよ」

銀色の鎧姿になったカトラスは、軽やかに走り出す。

その速度は、さっきまでと変わらない。

『聖騎士変化』の鎧は、カトラスの魔力で作り出したものだ。重さはまったく存在しない。

だから、鎧を着た状態でも、下着姿と同じように動ける（実験済み）。

「援護するですー！『豪雨弓術』‼」

ひゅんひゅんひゅんひゅんっ‼

御者台のラフィリアが矢を放つ。同時に5本。

少女と『ダークハウンド』の間に、矢が突き立つ。

『グォ⁉』『グガアアアアァ？』

魔物たちの足が止まる。

その隙《すき》を逃すラフィリアじゃない。

「いくですよー！『魔杖《まじょう》ヴァルヴォルグァ』――勢いよく『炎の矢《フレイムアロー》』‼」

ぼしゅがごっ‼

『グギャアアアアア‼』

大型の『炎の矢』の直撃を喰《く》らった『ダークハウンド』が吹っ飛んだ。

胴体に大穴が空いてる。これで残りは2匹だ。

ラフィリアの『魔杖ヴァルヴォルグァ』は魔力を多めに注ぐことで、魔法を勢いよく飛ばすことができる。威力も速度も上がる。狙《ねら》いをつければ、撃った直後に命中するというすぐれものだ。

「これで残りは2匹。あるじどのの手を煩わせる必要もないであります」

カトラスが『聖剣ドラゴンスゴイナー』を抜いた。

「任せて欲しいであります……必殺！『覚醒乱打《かくせいらんだ》』‼」

向かって来る『ダークハウンド』へと、金色の大剣を振る。

がぎんっ！

『ダークハウンド』の牙《きば》が、カトラスをかすめる。

けれど『聖騎士の鎧《パラディン・アーマー》』は傷もつかない。重装備の戦士並の防御力だ。

なのに動きは軽装の戦士並に速い。

『ダークハウンド』はカトラスの動きを捉えきれず、剣の一撃をまともに喰らった。

「念のためであります……発動『威力歌唱《いりょくかしょう》』」

カトラスが『聖剣ドラゴンスゴイナー』の固有スキルを発動する。

聖剣が、きれいな声で歌い出す。

『──聖剣の一撃はクリティカル──聖剣とってもスゴイナー……』

『……ヴァ』『…………ヴォ……』

『ダークハウンド』2匹は、あっさりと倒れた。

身体から血を流しながら、『ダークハウンド』は――

『ドウシテ……ニゲルノダ……ワレラガ主君ヨ……』


「……我らが主君？」

魔物の声が聞こえた。

我らが主君、って誰《だれ》のことだ？

僕は馬車を降りて、逃げていた少女に近づいた。

彼女は真っ黒なローブをまとっている。背中にも、同じ色のマントをつけてる。

長い黒髪を振り乱して、地面に座り込んでる。泣いてるみたいだ。

「大丈夫ですか？　こんなところでなにを……？」

僕は少し距離をおいて、彼女に声をかけた。

「…………私、村には、入れないから……」

少女はうつろな声でつぶやいた。

顔を見ると……瞳《ひとみ》の色は黒だった。僕と同じだ。

彼女は胸を押さえて、泣いてる。その拍子にローブの前が開いて、その下の装備が見えた。

黒い、トゲトゲした鎧だった。

胸の部分には紫色の石がついてる。

腕にも黒いガントレット。さらに、謎の石がはまっている。

かっこいい……というか、禍々《まがまが》しい感じがする。

でも、武器は持っていない。荷物もない。一人だ。

なんだ、これ。

「……どうして助けてくれたんですか……」

少女は僕たちを見て、そう言った。

「私は…………『魔王軍候補生』なのに」

「「「え？」」」

魔王軍？

今、この子は『魔王軍』って言ったのか？

「魔王軍というと、あの魔王軍ですか？　魔王が率いる軍隊的な意味の……？」

僕の言葉に、少女はこくん、とうなずいた。

「私はさっきまで『魔王軍の控え室』にいたんです。でも……間もなく『公式勇者部隊』が現れることを知って……それで、逃げてきました。なのに、魔物がいつまでも追ってきて……」

「『魔王軍の控え室』……」

なんだろう。斬新すぎて、突っ込む気にもなれない。

「ひとつ、教えてください」

僕は言った。

「あなたは『来訪者』──いえ、王さまに召喚された者ですか？」

「…………はい」

少女は少しためらってから、うなずいた。

「……私たちは冒険者と戦うために召喚された……『魔王軍候補生』なんです」

第3話「レティシアの里帰りと、リタの『ご主人様欠乏症』」

――そのころ、港町イルガファでは――


「……面倒なことになりましたわね」

「どうしたのレティシア」

「実家からわたくしに手紙が来たのですわ。イルガファの領主家経由で」

レティシアはうんざりした顔で、羊皮紙をアイネに渡した。

「『仕事が終わったのなら、一度実家に顔を出すように。さもなければ迎えを出す』なの？」

「この前、イルガファで『次期領主おひろめパーティ』があったでしょう？　その時わたくしがミルフェ子爵家の名代として参加しましたわよね？」

「そんなこともあったね……」

数週間前のことだ。

この『港町イルガファ』で、次期領主を披露するためのパーティがあった。

レティシアはそれに、ミルフェ子爵家の名代として参加した。

だから子爵家は、レティシアがこの町にいることを知っている。そこで、領主家を経由して、レティシアに連絡を取ることにしたらしい。

「でも……まだなにか言ってくるとは思いませんでしたわ」

レティシアはため息をついた。

「本当ならばあのパーティに出るのが、子爵家の娘としての最後の仕事のはずでしたの。その後は実家とは縁を切り、自由な冒険者として生きていくつもりでしたのに」

「手紙には『報告に来るように』と書いてあるの」

「どうせ口実ですわ。次の仕事を言いつけるに決まっていますわ」

レティシアは苛立《いらだ》ったようにつぶやいた。

彼女の父は臆病で老獪《ろうかい》だ。

出世欲が強く、使えるものはなんでも使う貪欲さもある。

レティシアが戻らなければ、本当に迎えをよこすだろう。

「ここに子爵家の者が来るとなると、ナギさんたちに迷惑がかかりますわね。セシルさんが身重な今、騒ぎを起こすわけにはいきませんわ」

レティシアはうんざりした顔で、羊皮紙を丸めた。

「仕方ありませんわね。わたくしもメテカルに行くことにしますわ」

「わたくし、も？」

アイネは首をかしげてみせた。笑顔で。

「なんですのアイネ。その楽しそうな顔は」

「ベーつーにー？」

「だからなんで笑顔で、わたくしの顔をのぞきこんでますの？」

「ううん。いつものレティシアなら、実家からの手紙なんか無視するんじゃないかなって思ったの。冒険の旅に出て、いないのだからしょうがありませんわ、って」

「……そんなこともありましたわね」

「そういえば、メテカルには、なぁくんが向かってるんだよねー」

アイネは、なぜか、窓の外を見ながら、

「もしかしたら、レティシアはなぁくんと一緒にいたいのかな。なぁくんのことが心配で、だから素直にメテカルに戻る気になったのかなー？」

「そ、そんなことありませんわ……ありませんわ」

「んー？」

「……す、少しはありますけれど」

「やっぱり」

「実家と縁を切るのは一大事ですものね。親友に近くにいて欲しいということはあります。それだけ、それだけですわ！」

レティシアは、びしり、と、アイネに指をつきつけて、

「それに、ナギさんに会いたがっているのはわたくしだけではないでしょう？　ご自分の奴隷《どれい》仲間の方を心配なさい。アイネ」

「リタさんのことだよね」

「そうですわ。すっかり『ご主人様欠乏症』にかかってしまっています。どうしますの？」

「……どうしよう」

「途方に暮れていますわね」

「リタさんのあの症状を治すには、なぁくんを処方するしかないの」

そう言ってアイネは、リビングの方を見た。


「リタさんリタさん。大丈夫ですか？　そろそろナギさまの毛布から出てきてください」

「……ナギがいないよ……さみしいよぉ」


セシルとリタの声がした。

アイネとレティシアがリビングに向かうと、そこには——毛布の山があった。

端っこからは、金色の尻尾《しっぽ》がはみ出してる。ふるふる震えてる。

毛布の中からは、さみしそうな声が聞こえてる。

リタだった。

ナギが出発して、半日。

さびしんぼのリタはナギの毛布にくるまり、なきべそをかいているのだった。

「リタさん。しっかりしてください」

「お兄ちゃんはすぐに戻ってらっしゃいますよ。リタさん」

「……はっ！」

毛布の中から、リタが顔を出した。

心配そうにしているセシルとイリスを見て、

「い、いけないいけない。しっかりしないと。セシルちゃんとイリスちゃんに、みっともないところは見せられないもん」

「その意気です、リタさん」

「がんばってください。リタさま」

「あと10秒……10秒だけ、ナギの毛布につつまれたら立ち直るんだから」

「わかりました。10秒ですね」

「ではイリスもカウントいたします。いーち、にー」

「さーん、しー………さーん、にー」

「リタさん。カウントがループしてます」

「しっかりしてください、リタさまー！」

処置なしだった。

「……レティシア」

「……言わないでください。たぶん、同じことを考えてますわ」

アイネとレティシアは顔を見合わせた。

リタは重症だ。ナギが出発して一日しか経《た》っていないのに、毛布にくるまってさびしんぼ状態になっている。留守番を任されたアイネとしては、放置しておけない。

彼女は、レティシアと呼吸を合わせて、同時に、

「「リタさんは（レティシア）（わたくし）と一緒に、メテカルに連れて（行って欲しいの）（行きますわ）」」


「わうぅぅっ⁉」

リタが顔を上げた。

獣耳ぴくぴく、尻尾ぱたぱた状態で、ふたりを見る。

そんなリタに、レティシアは顔を近づけて。

「わたくし、ちょっと用事があって、メテカルの実家に戻らなければいけないのですわ。よかったら、リタさんも同行していただけません？」

「……いいの？」

「リタさんは連絡役でしょう？　わたくしの状況を、ナギさんに伝えて欲しいのです。それなら、ナギさんの命令に従ったことになるでしょう？」

「りょーかい！」

ばっ。

リタはナギの毛布をはねのけ……ようとして、四つにたたんでから抱きしめた。

「こ、このリタ＝メルフェウス、ご主人様の親友の護衛を務めてみせるもん！」

「お願いしますわ。ところで」

レティシアはふと、セシルの方を見て、

「どうしてセシルさんは、『ナギさん欠乏症』にかかっていませんの？」

「うん。それは私も思ったもん。セシルちゃんが一番かかりそうなのに……」

「……えっと」

レティシアとリタ、ふたりぶんの視線を受けて、セシルの顔が真《ま》っ赤《か》になる。

隣でイリスは、じーっとセシルを見ていた。

セシルがお腹《なか》に手を当てているのに気づき、ぽん、と手を叩《たた》く。

「イリス。わかってしまいました」

「――だ、だめです。イリスさん」

「セシルさまは、お兄ちゃんの子どもがいるから、大丈夫なのではないでしょうか。いつも自分の中に、お兄ちゃんに近い存在を感じている……だから『お兄ちゃん欠乏症』にならないのでは？」

「「「あー」」」

完全に理解した顔でうなずくリタとアイネ、レティシア。

湯気が出そうなほど真っ赤になって――でも、幸せそうにうつむくセシル。

そんなみんなを見ながら、イリスは、

「……なるほど。『お兄ちゃん欠乏症』を防ぐには……お兄ちゃんの子どもをみごもればよいのですね。そうすればリタさまも、さびしくないのでは……」

うんうん、とうなずくイリス。

「い、いかがでしょうか。ちょうどリタさまがメテカルに行かれるのであれば、今後の対策として、お、お兄ちゃんのお情けを充分にいただいておく、というのは。も、もし、直接言いにくいのであれば、イリスがお手紙を書いてもよろしいですが……」

「────っ‼」

リタは胸を押さえた。

心臓がばくばく鳴ってるのがわかる。

イリスが言ってることは正しい。

リタのお腹にナギの子どもがいれば、それはナギの一部がいるってことになる。

だから、さびしくない。離れていても大丈夫。それはわかる。たぶん、本能的に。

「で、でもそれは……私がちゃんと……ご主人様に『おねだり』するから」

爆発しそうな心臓を押さえて、リタは口を開いた。

「ナギは……して欲しいことや欲しいものがあったら、ちゃんと教えてって、いつも言ってくれてるもん。そういうご主人様だから、わ、私、自分の口から『おねだり』しないと駄目なんだもん」

「……す、すごいです。リタさん」

「……これでまた、アイネの希望に一歩近づいたの」

「……わたくし、リタさんと同行するのですけれど。平常心でいられる自信がないですわ」

真っ赤な顔でリタを見つめるセシルとアイネとレティシア。

限界が来たのか、リタは再びナギの毛布を被《かぶ》ってうずくまる。

アイネは静かにお弁当を作り始め、レティシアは旅の準備をするために部屋へと向かう。

手伝おうとしたセシルは、イリスに「休んでいてくださいませ」と言われて素直に長椅子に。

ふるふる震えるリタを、心配そうに眺め始める。

「リタさん……あの、よければ、ですけど」

「……う、うん。セシルちゃん」

「わたしのお腹に、触れてみますか？」

セシルは優しく微笑《ほほえ》みながら、そう言った。

「リタさんの聴覚なら、心音とか、感じ取れるかもしれません。さ、さ、参考になればと」

「そ、そうね。もしかしたら『ナギ欠乏症』も、治るかもしれないもんね」

リタは毛布をつかんだまま起き上がり、ゆっくりと、セシルのお腹に顔を近づけていく。

獣耳をそばだてて、セシルの中にあるはずの気配に、耳を澄ませる。

「…………わかんない」

「そうですか……」

「でも、ありがとう。勇気出たわ」

リタはセシルの頭をなでて、立ち上がる。

「私、ちゃんとナギに話すわね。私がどうして欲しいかって。セ、セシルちゃんと同じになるまで
……欲しいって、ちゃんと……言うもん」

「は、はい！」

真っ赤な顔でうなずくセシル。

そうしてリタとレティシアは、ナギを追ってメテカルに行くことになり──

「それじゃ、行ってくるわね！　セシルちゃん、アイネ、イリスちゃん！」

「目的はわたくしの実家に顔を出すことなのですけど。みなさん、覚えてますわよね？」

翌日、リタとレティシアは商業都市メテカルに出発したのだった。

第4話「話のわかる来訪者と、魔王軍救出作戦」

「私たちが召喚されたのは……2ヶ月くらい前のことです」

自称『魔王軍候補生』の少女は言った。

魔物たちを倒したあと、僕たちは森の近くへ移動した。

ラフィリアとカトラスに見張りをお願いして、僕は少女の話を聞くことにした。

ちなみにシロは疲れたのか、馬車の中でお昼寝中だ。

「私は王さまと魔法使いによって、異世界から召喚されました」

少女は黒いローブを押さえながら、そう言った。

彼女の名前は、ミサキ＝トーノ。

黒髪と黒い瞳の少女で、僕と同じ『来訪者』だ。

王さまから魔王退治を依頼されて、その後、魔王と戦う前の修業場所に移動したそうだ。

それからは仲間たちと一緒にスキルの訓練をする毎日だった、と、ミサキさんは言った。

「最初は良かったんです」

ミサキさんはため息をついた。

「私たちの面倒を見てくれた貴族の方は、使いやすい戦闘スキルをくれました。オリエンテーションもしてくれました。この世界に危険が迫っていること、魔王軍を倒すために、私たちの力が必要だということを、きちんと説明してくれたんです」

僕のときより、ずっとまともだった。

僕が召喚されたときは問答無用だったし、質問したら追い出された。ヤマゾエやタキモトたちは魔王対策とは全く関係ない仕事をさせられていたし、勇者は別々に派遣されてた。

それよりも扱いはましになってるけど……。

「状況が変わったのは、2週間くらい前のことです」

ミサキさんはため息をついた。

「知らない貴族が現れて、『君たちは魔王軍に潜入するように』って言ったんです」

「魔王軍に潜入？」

「はい。それで内側から勇者をサポートするように、って」

「魔王軍って、どこにいるんですか？」

「教えてもらえませんでした」

「……そうなんですか」

「訓練のあと、私たちは作戦開始まで、この近くにある古い砦《とりで》で待機しているように言われました。そのうちそこにイキった冒険者がやってくるから、撃退するように命じられたんです。人間と戦うことで、魔王軍に忍び込むための信頼を得るのが目的だそうです」

「すごく怪しいですね」

「はい。だから私は助けを求めるために、逃げてきたんです。でも……」

ミサキさんは黒いローブの前を開いた。

禍々《まがまが》しい鎧《よろい》が姿を見せた。

真っ黒な金属製で、ショルダーガードがドクロの形になってる。

腰の辺りには巨大な爪のようなものがついてる。

お腹《なか》には、なにかビームが出そうな結晶体がはまってる。

禍々しいというより、悪の組織の女幹部、って感じだ。

「……他の服はなかったんですか」

「……これが一番まともな服なんです」

ひどい話だった。

「でも、魔物から逃げてたのはどうしてですか？　王さまと魔法使いに喚《よ》ばれるほどの人なら、すごいスキルを持ってるはずですよね……？」

「スキルは……アンインストールして渡すように言われました」

「……そう、なんですか？」

「来訪者のスキルを使うのは、この世界に慣れてからの方がいいって……」

徹底してるな。

今までよりも『来訪者』の管理が厳しくなってる。

勇者を使った計画が失敗したことで、学習したのかもしれない。

「もともと、私のスキルは弱いんですけどね……。この世界に来たときに持ってたバトンが、変なアイテムに変化してたくらいですから」

そう言ってミサキさんは、腰に差している杖《つえ》に触れた。

「これは取り上げられなかったんです。弱すぎて、使い物にならなかったんでしょうね」

「どんな能力なんですか?」

「使い魔を楽しませて、笑わせる能力です」

「ミサキさんには使い魔がいるんですか?」

「いません。だからいらないです。よろしければ……助けていただいたお礼に、差し上げます。私はこの杖にも、この服にも、嫌な思い出しかありませんから」

ミサキさんは僕に杖を差し出した。

先端に赤い結晶体がついた杖だった。形がなんとなく、猫じゃらしに似てる。

「わかりました。そういうことなら、僕が使わせてもらいます。着替えも用意しますね」

僕は『意識共有・改《マインドリンケージ》』でラフィリアにメッセージを送った。

森の方にいたラフィリアが戻って来て、馬車の中から着替えを取り出す。

「あたしの着替えをお貸しするです。どうぞです」

「あ、ありがとうございます」

ミサキさんはそれを持って、木の陰へ移動する。

僕はもらった杖に触れて、『能力再構築《スキル・ストラクチャー》』を起動した。

この杖の能力を調べてみよう。


『使い魔じゃらしの杖』

『魔力』で『使い魔』を『楽しませる』杖

魔力を込めてこの杖を振ると、使い魔が喜ぶ。

——確かに、あんまり使い道はなさそうだ。

無害だから取り上げられなかった、って、ミサキさんは言ってた。

そして、貴族は使えそうなスキルを奪った上で、彼女たちを砦に閉じ込めてる。

砦には、ミサキさんたちと一緒に召喚された仲間がいるんだよな……。

なんとかしてあげたい。

同じ世界から来た人で、僕たちとちゃんと話が通じる貴重な人なんだから。

「ラフィリア。打ち合わせをしようか」

「はい。マスター」

ラフィリアが僕の隣に腰を下ろした。

「まず前提として、ミサキさんは嘘《うそ》は言っていないと思う」

「召喚されたときの状況が、マスターのお話と同じでしたからねぇ」

それに『公式勇者部隊の出陣式典』のこともある。

商業都市メテカルでは、魔王討伐に向かい勇者の出陣式が華々しく行われようとしてる。

それとタイミングを合わせるように、あの少女——ミサキさんは、北の城に移された。

そうして、『イキった冒険者』と戦うように命じられた。

もしもその冒険者が、魔王討伐パーティだとすると、話は通る。

「華々しく出陣式をやって出発してすぐに、魔王軍を発見、討伐する。その成果を宣伝することで、魔王の脅威をまわりに知らしめる……とか。ありそうだな」

「ミサキさんは、利用されてるということですか？」

「いかにも『悪の女幹部』って服を着せられてたからね。それにミサキさんたちは、現地の誰《だれ》にも会わないようにさせられてる。『魔王軍』としてでっち上げるには最適なんだよな」

「……最悪なやり方ですねぇ」

「……『白いギルド』も、ここまではしなかったんだけどな」

もしかしたら『ギルドマスター』が消えたことで、歯止めが利かなくなったのかもしれない。

「調べてみよう。ミサキさんと、その仲間のことも気になる」

「そうですね。あたしも同感なのです」

ミサキ＝トーノさんは、僕が初めて出会った『話が通じる来訪者』だ。

今までの勇者たちは気性が激しくて、ほとんどまともな会話にならなかったからね。

ちゃんと話が通じて、わかりあえる人なら、助けたい。

「そういえば『ギルドマスター』は言ってたな。僕の『この世界に魔王は、本当にいるのか？』って問いに対して『王に聞け』──って」

その王さまが、魔王っぽいものを演出しようとしているのなら──

もしかしたら、ミサキさんたちは、そのために召喚されたのかもしれない。

「着替え……終わりました」

木の陰から、ミサキさんが現れる。

ラフィリアの服は、サイズが合ったようだ。

「私が着ていた服ですけど……これは、どうしましょう」

「あたしがいただいてもいいですか？」

「あ、はい。どうぞ」

「ありがとうございますです‼」

びしり、と、ラフィリアが手を挙げた。

「自宅で『こすぷれ』するのに使うですよ。なんだか、かっこいいですから」

「と、いうことで、いいかな？」

「構いません。私には……ちょっと、恥ずかしい服ですから」

「大丈夫です。あたしもマスターの前以外では着ないです」

僕の目の前で着るの前提なの？

「あ、あの、みなさん」

「なんですか、ミサキ＝トーノさん」

「私の話を……信じてくれるんですか？」

ミサキさんは涙目で、

「異世界から召喚された者とか、魔王軍に潜入しようとしていたとか、そういう話を、ちゃんと聞いてくれる……んですか？」

「信じますよ。もちろん」

「どうして、ですか？」

「詳しいことは言えないけど……僕の知り合いに、一方的に悪者扱いされて滅ぼされた人がいるんです」

僕は言った。

「だから、似たような境遇の人がいたら、話ぐらいは聞くことにしてます」

「……わかりました。あなた方を信じます」

ミサキさんは真剣な目で僕たちを見て、頭を下げた。

「お願いします。どうか、私の仲間を助け出すのに手を貸してはいただけないでしょうか？」


――『魔王軍の控え室』にて――


そこは、森の奥にある、古い砦だった。

大昔に作られたもので、今はその存在を知る者も少ない。

小高い崖の上に建っていて、岩肌には細い階段が作られている。まわりは深い森だ。高く伸びた樹《き》が、砦の姿を覆い隠している。森には魔物が出るため、村人も近づこうとはしない。

その砦の最上階に、人が集まっていた。

背の高い貴族と、兵士が数名。警備用のガーゴイルが数体。

それと派手な服を着込んだ、少年少女たちだった。

「これから、お前たちのスケジュールを再確認する」

砦の最上階で、高級そうな服を身にまとった男性が言った。

背中には深紅のマントをつけている。手にした杖には、金色の装飾がされている。どれも上位貴族でなければ手が届かない高級品だ。

男性は優雅な動作で手を挙げ、隣に控える兵士に合図する。

兵士が封をされた羊皮紙を手渡すと、それを広げ、こほん、と咳払いする。

「……ああ」

彼の前に整列する人々がため息をついた。

貴族の男性の前でひざまずいているのは、少年2人、少女1人。

全員、禍々しい装備に身を包んでいる。

少年の鎧にはドクロがあしらわれているし、少女のローブの背中には黒い翼が生えている。

さらに剣も杖も、骨を模しているという念の入れようだ。

基本カラーは黒と、濃い赤。服の裾には呪文《じゅもん》のようなものが刺繍《ししゅう》されている。

「ウェルズ侯爵家当主、トーラス＝ウェルズの名において告げる」

貴族の男性はマントをひるがえし、声をあげた。

「『魔王軍潜入班』のものたちよ。お前たちは『魔王軍』に潜り込むことになる。そのためには奴《やつ》らを信用させなければいけない。だから、これからこの砦に攻めてくる冒険者と戦ってもらう」

貴族の男性――トーラス＝ウェルズ侯爵はそう言って、左右に控える部下を見た。

兵士は槍《やり》を、ガーゴイルは爪を構え、『魔王軍潜入班』の者たちを見据えている。

隙《すき》のない部下に、ウェルズ侯爵は満足そうにうなずいた。

「お前たちから回収したスキルクリスタルは、戦闘前に返却する。固有スキルがないのは不安だと思うが、これも以前に説明した通りだ。なにか質問はあるか？」

「よろしいでしょうか？」

少年の一人が手を挙げた。

「この作戦は、誰の命令で行われるんですか？」

「お前は誰だと思っているのだ？」

「俺たちを召喚したのが王さまだから、王さまでしょうか……？」

「そうか。お前たちがそう考えるならそうなのだろう」

ウェルズ侯爵は優しい笑みを浮かべた。

「だけど、俺たちはずっと、『ギルドマスター』と会っていません」

少年は言った。

「魔王軍潜入は重要な役目だと『ギルドマスター』は言いました。だからここまで案内してくれたのだと思うし、俺たちも信用して、固有スキルのスキルクリスタルを預けたんです。なのに、戦いを前にしても『ギルドマスター』は現れない。どうしてですか？」

「なるほど。そういうことなら、お前たちが不安に感じるのも無理はない」

「……すいません。失礼だとは思ったんですが」

「『ギルドマスター』に確認しておこう。すぐに回答は来ないかもしれないが」

ウェルズ侯爵は、杖で床を突いた。

「だが、仕事をする前から特別扱いを望むのは、どうだろうか」

「い、いえ、俺はそんなつもりは……」

「お前たちは世界を救う勇者なのだ。ぜひとも、勇気のあるところを見せて欲しいものだね。そのために、侯爵家の私がサポートしているのだから」

ウェルズ侯爵は『魔王軍潜入班』の者たちを見回した。

彼らの武装を確認する。大丈夫。武器は部屋の隅にまとめてある。

固有スキルは奪ってある。けれど彼らは『来訪者』だ。油断はできない。

（……まさか、『ギルドマスター』が消えるとは思いませんでしたからね）

『魔王軍潜入』イベントは、もっと後になるはずだった。

前倒しになったのは、『白いギルド』の計画が、ことごとく潰されてきたからだ。

正体のわからない『天竜の代行者』に、勇者たちはすべて敗れた。

その上、『ギルドマスター』まで姿を消してしまった。

だからといって、計画を止めるわけにはいかない。もう始まってしまったのだから。

「約束しよう。お前たちを無事に『魔王軍』に潜入させ、その一員に化けさせることを。侯爵であるトーラス＝ウェルズの名にかけて」

「「「は、はいっ！」」」

胸を反らして宣言したウェルズ侯爵に、３人の少年少女が答える。

それから、ウェルズ侯爵はふと、気づいたかのように、

「ところで、どうして3人しかいないのだ。4人目のミサキ＝トーノはどうしたのかな？」

「……体調が悪くて休んでいます」

「訓練くらいはできるのではないか？」

ウェルズ侯爵は、兵士たちに向かって手を振った。

「誰か、部屋に行ってミサキ＝トーノを連れてこい！」

「いや、ですからミサキは……」

「スケジュールに変更はない。すべては予定通りに進めなければならない」

トーラスの声に応《こた》えるように、ガーゴイルが翼を広げた。

さらに兵士たちが剣を手に、3人の来訪者をにらみつける。

「これは世界の存亡に関わる大切なことだ。お前たちも納得ずくの上で仕事をすると決めたのではないのかな。立派な社会人として、責任を果たしてもらえないだろうか」

「……俺たちには……選択肢なんかなかったんだ」

「そうかもしれない。だが、私たちはきちんと説明した。お前たちには『魔王軍』の一員に化けてもらうと。プロジェクトにふさわしいスキルも与えた。こうして私がサポートにもついている。問題はないはずだが」

「……ミサキは、逃げたみたいです」

広間にいた少女が、ぽつり、と言った。

「……夜のうちに、砦の外へ出たんだと思います」

「――なんだと⁉」

ウェルズ侯爵の顔色が変わった。

苛立《いらだ》ったように杖で床を叩《たた》き、正面にいる少女を見据える。

少女は怯《おび》えた顔で、

「あの子は、あなたたちを疑ってました。だから警備の兵士のローテーションを調べてたんです。私たちに言うと止められると思って……ひとりで逃げたんでしょう」

「なんのためにだろうか」

「ミサキは……この世界の情報が欲しいって言ってました」

少女はウェルズ侯爵を見返して、告げた。

「トーラスさまの言葉だけじゃなくて、自分の目で、なにが起きてるのかを確かめたいって。それから仕事をしたいって」

「お前たちは私を裏切ったのか⁉」

ウェルズ侯爵は叫んだ。

「お前たちに必要な情報は、私が教えた。それ以外の情報は必要ないというのに」

「で、でも、ミサキが心配するのも当然です！」

「俺たちだって、この世界がどんな場所か、ちゃんと確かめたい」

「オレはまだ、魔物と戦ったこともないんだぞ⁉」

少女と少年たちが、口々に声をあげる。

それを聞きながら、貴族トーラス＝ウェルズは、少し考えているようだった。

左右にいる兵士たちと視線を交わし、うなずきあう。

そして――

「――失敗か。やり方を変えてみたのだが……うまくいかないものだな」

ウェルズ侯爵は肩をすくめた。

「やはり、庶民を甘やかしてはいけないな。『契約《コントラクト》』で縛るか、力で押さえつけなければ言うことを聞いてくれないのだね。うん、仕方ないな」

「……ウェルズさま？」

「仕方がないな。計画が外部に漏れた可能性がある以上、メンバーを取り替えるしかあるまい」

そうつぶやいて、ウェルズ侯爵は苦笑いした。

少女と少年たちがあとずさる。

侯爵の笑顔が、寒気を感じるほど冷たいものだったからだ。

「兵士たちよ、彼らを拘束してくれたまえ」

ウェルズ侯爵の合図で、広間にいた兵士たちとガーゴイルが動き出す。

3人の少年少女を取り囲むように移動し、武器を構える。

「そ、そんな、どうして⁉」

「ミサキは外に情報を聞きにいっただけなのに⁉」

「なんでオレたちに武器を向ける⁉」

少年少女たちが、悲鳴をあげる。

彼らの武器は部屋の隅に片付けられている。

貴族と会うときは丸腰なのが礼儀だと言われたからだ。

この世界に来たときに手に入れたスキルは取り出して、『白いギルド』に提出した。

すべて、指示通りにしたはずなのに――

「私たちは『魔王軍』に潜入する勇者じゃなかったの⁉」

ローブを着た少女が、ウェルズ侯爵に向かって叫んだ。

「約束したじゃないですか！　世界を救うために、私たちを『魔王軍』に潜入させるって‼」

「違う。私が約束したのは『お前たちを魔王軍の一員に化けさせる』だ」

「同じことでしょう⁉　潜入して、魔王軍の一員に――」

「我々貴族は、本当の魔王軍というものを、いまだ確認していない」

ウェルズ侯爵は言った。

沈黙が落ちた。

魔王軍っぽい服を着た少年少女は、ぽかん、と口を開けていた。

「嘘《うそ》は一言も言っていない。お前たちは『魔王軍』の一員に化ける――つまり、実際に魔王軍になるということだ。他に『魔王軍』がいないのだからな。お前たちは世界の敵になるはずだったのだ」

薄笑いを浮かべながら、ウェルズ侯爵は続ける。

少年少女たちは救いを求めるように、左右を見回した。

広間にいる兵士たちは無言で武器を構え、ゆっくりと近づいてくる。

「お前たちを『魔王軍』にするための儀式の準備も進んでいた。だが、脱走者が出てしまったとなれば、情報が漏れた可能性がある。我々はここを引き払う。君たちは記憶を失い、この世界の一般人になるんだ」

ウェルズ侯爵は困ったように、肩をすくめた。

「ふざけるな！」

「そんな馬鹿な話があるもんか！」

「私たちは勇者としてのスキルを持っているのよ‼」

『来訪者』の少年少女たちが叫んだ。

鎧を着た少年が、部屋の隅に置かれた剣に飛びつく。

兵士たちを押しのけ剣を抜き、ウェルズ侯爵に向かって走り出す。

だが──


がきんっ。


『ギギギ……ガガ』

ガーゴイルたちの腕が、その剣を受け止めた。

固い石で作られたガーゴイルだ。少年が剣に力を入れても、びくともしない。

「雇い主に斬りかかるとはしつけがなっていないないな。命ずる。『勇者の権能で技を封じる』」

「──え」

からん、と、少年の手から剣が落ちた。

思わず、剣士の少年は自分のステータスを確認した。

目の前に武器があるのはわかる。なのに、その使い方がわからない。

「剣術スキルが……使えない？」

少年はステータスウィンドウを呼び出す。


『剣術ＬＶ■■』（キーワード『勇者の権能』により封印中）

「な、なんだよそれは!!」

「当然だろう？　『魔王軍』は、勇者に敗れる運命なのだから」

ウェルズ侯爵は笑った。

少年の背後で、他の『来訪者』たちが動きを止めていた。

ひとりは槍の握り方がわからず、もう一人は口をぱくぱくさせている。魔法の使い方を忘れてしまったらしい。

「おろかな『魔王軍』よ。黒く染まったスキルでは、真の正義には勝てないというのに」

「……あ、あのスキルをよこしたのは、あんたたちだろう」

「仕事で失敗したからといって、他人のせいにするのか。そんなことだから魔王軍にされるのだ」

『ギギッ！』

ガーゴイルが腕を振る。

少年が弾《はじ》き飛ばされ、地面を転がる。

彼をかばうように、仲間たちが集まってくる。

逃げ場はない。入り口は兵士が固めている。外への出口は窓だけだ。

だが、砦は岩場の上に建っている。飛び降りたら怪我《けが》では済まない。

「お前たちを殺したりはしない」

深紅のマントをひるがえし、ウェルズ侯爵は言った。

「お前たちはスキルと記憶を失い、この世界の一般人として生きていくのだ。労働者は多い方が、生産性が上がるだろう。それが、弱い勇者の使い道だ」

「……弱い勇者」

「能力に応じた役目をあげようとしたのに、仕事の内容に疑問を持つなんて、一体なにを考えているんだろうね？　お前たちは」

ウェルズ侯爵は胸を反らして、笑う。

兵士とガーゴイルたちは、ゆっくりと、3人を追い詰めていく。

「この数のガーゴイルには勝てないだろう。それとも、その窓から飛び降りてみるかな？」

ウェルズ侯爵があざ笑う。

「他に逃げ場はないよ。なんなら、試してみたらどうだろう──」

「みなさ──ん‼　アイザワさーん！　オータさーん！　ニイムラさーんっ‼」

不意に、砦の外から、叫び声が聞こえた。

「助けに来ました。その窓から飛び出してください‼」

「「「え？」」」

アイザワ、オータ、ニイムラと呼ばれた3人が、窓の外を見た。

仲間のミサキ＝トーノがいた。

彼女は、ふわふわ浮かぶシーツに座っていた。

まわりには知らない人たちがいる。

少年とエルフの少女、鎧を着た少女と、幼女だ。

「えへへー。『ふらい』だよー。大丈夫。来て来て！」

アイザワ、オータ、ニイムラ――3人の少年少女は、すぐに決断する。

状況はよくわからない。けれど、外にいる人たちは味方だ。

「い、行きます！」「待っててください！」「す、すぐに！」

3人は窓に向かって走り出す。

「逃がすな！　兵たちよ、奴らを捕らえるのだ‼」

「「「承知しました‼」」」

ウェルズ侯爵の合図で、兵士たちが走り出す。

アイザワ、オータ、ニイムラの顔に焦りが浮かぶ。

間に合わない。ウェルズ侯爵と兵士たちは、彼らの進路を塞《ふさ》ごうとしている――

「援護してあげてくださいです！　あたしの使い魔『えるだちゃん』‼」

ひゅーん。

侯爵と兵士たちの目の前に、真っ赤《まっか》なスライムが降ってきた。

人の胴体くらいの大きさだ。うねうねと震えている。

「はっ！　こんなものがなんだというのだ！」

「小さなスライム1匹に手こずる我々ではないぞ！」「なめるな！」「ザコめ‼」


「……小さいのが問題なのですか？」

窓の外で、エルフの少女が砦の方を見ていた。

彼女は杖を手に、にやりと笑う。アイザワとオータとニイムラは、その杖に見覚えがあった。

あれはミサキ＝トーノの杖だ。使えないものだから、放置されていたはず。

あんなものでなにをしようというのだろうか――


「発動なのです！『使い魔でっかくしてじゃらすの杖』‼」

エルフの少女が、杖を振り上げた。

「えるだちゃん。エルフの魔力でおっきくなるですー。エルダースライムの本性のままに！」

次の瞬間――

ずももももももも―――っ‼

「「「なに――――――っ‼」」」

真っ赤なスライムが、巨大化した。

そのサイズはまさに湖。フロアいっぱいに広がったスライムは、侯爵と兵士を飲み込み、どこかへさらっていく。その波はアイザワたちの元までやってくる。けれど――

「あたしは魔力を与えるので手一杯なのです……操作はレギィさん、お願いするです！」

『承知じゃ！　ここまででかいと、やりがいがあるわいっ‼』

「いくよ。レギィ！」

エルフの少女と少年、それと、見えない誰《だれ》かの声がして――


アイザワ、オータ、ニイムラの身体《からだ》はスライムに運ばれて、窓の近くへ。

そのままふにょん、と伸びたスライムの身体に乗って窓の外へと移動していた。


「大丈夫ですか？　足元に注意してくださいね」

窓の外では、宙に浮かんだシーツに乗った少年たちがいた。

「あ、はい」「えっと」「お、お邪魔します」

ふわり、と、身体が浮いた。

空中に浮かんだシーツの上に、３人の身体はやさしく受け止められている。

シーツの上には、なにかの模様が描いてある。魔物の絵姿のようなものだ。

「お、おい。逃がすな。ごばばあばばばば……」

「こ、こんな状態でどうしろと……ばばば」「た、たすけて……もがが」「うがが……」

砦の中は、スライムの海だった。

その光景を、アイザワとオータとニイムラは、ぽかん、と見つめていた。

あんなに巨大なスライムがいるなんて話は、聞いたことがなかったからだ。

「すごい……兵士たちが飲み込まれてる」

「異世界から喚《よ》ばれた俺たちより強いのか。あのスライムは」

「……あんなものを使役する人なら、魔王だって倒せるんじゃないか……?」

彼らは顔を見合わせる。


「……ああ。あたしの新アイテム『使い魔でっかくしてじゃらすの杖』──別名『歪曲杖《わいきよくじよう》ガルガンチューラ』よ──なんとおそるべきアイテムなのですかぁ……」

エルフの少女は、杖を手に震えていた。

アイザワもオータもニイムラも、スライムに包み込まれた侯爵たちも、その姿を呆然《ぼうぜん》と見つめるばかりだった。

彼らは知らない。

ミサキ＝トーノが持っていた使えないアイテムが、ある少年の手によって対貴族の切り札に変わってしまったことを。

『使い魔じゃらしの杖』

『魔力』で『使い魔』を『楽しませる』杖

これに少年は、イルガファの領主からもらったスキル、『人脈拡大ＬＶ２』を組み合わせたのだ。


『人脈拡大ＬＶ２』

『話術』で『人脈』を『大きく広げる』スキル

そうして、新たにできあがったアイテムは——


『使い魔でっかくしてじゃらすの杖（歪曲杖ガルガンチューラ）』

『魔力』で『使い魔』を『大きく広げる』杖

魔力を注ぎ込むことで、使い魔を巨大化させることができる杖。

（その分、使い魔の寿命が短くなる）

ただし、ラフィリア＝グレイスの使い魔『エルダースライム』は元々エルフの魔力や体液で身体を伸縮させる能力を持つので、この杖との相性がすこぶる良い。

そのため、巨大化特典が付与され、寿命短縮化が無効化される。

結果――

「ごぼ、ごぼぼぼぼ……な、なんだこの巨大な……ごぼ、スライムは……」

「う、動けない。飲み込まれる……」

「助けて……ご、ごめんなさい。助けて……」

『エルダースライム』は広間の床を埋め尽くすほど、爆発的に巨大化してしまったのだった。


「それじゃ、落ち着けるところで話をしましょう」

少年の合図で、シーツはゆっくりと砦から離れていく。

「……ガ、ガーゴイルたちよ、奴らを捕らえろ!!」

不意に、ウェルズ侯爵の声が響いた。

「逃がすな！　奴らを捕らえるのだ……ごばばばばばば」

『『『ギギギギギィィィ!!』』』

その声に応じて、ガーゴイルたちがスライムの海の中から飛び上がった。

魔力で動く石像の力が、スライムの拘束をふりほどいたのだ。

ガーゴイルたちは石の翼をはばたかせて、砦の窓から飛び出した。

「……だ、駄目だ。追いつかれる」

「……私たちは、やっぱり弱小なのか。だから棄《す》てられて……魔王軍なんかに」

オータとニイムラは、がっくりと肩を落とした。

「大丈夫です」

シーツの上に座る少年が言った。

幼女の髪をなでながら、優しい目でうなずいている。

「ガーゴイルの相手は慣れています。奴らが近づいてきたら、シーツの上に伏せてください」

「「「え？」」」

「合図をしたらお願いします。いち……にの……」

『『『ギギギアガガッガガガアアアアアアッ‼』』』

「今です‼」

少年の声に合わせて、アイザワ、オータ、ニイムラはシーツの上に伏せた。

他の皆も同じようにする。

そして、エルフの少女が宣言した。

「発動するです‼　『対魔結界』‼」


がぎいいいいいいいんっ‼

半透明のバリヤーが発生し、ガーゴイルたちを弾き飛ばした。


『『『ギガアアアアアアッ⁉』』』

「「「「えええええええええええっ⁉」」」」

ミサキ、アイザワ、オータ、ニイムラは声をあげた。

ありえない。

相手は強力なガーゴイルだ。

それがふわふわ浮かぶシーツのまわりに発生した結界にはばまれて、近づけずにいる。

「ちょうどいい間合いだ。いくぞ、レギィ」

『了解じゃ。主《ぬし》さま』

「発動‼　『遅延闘技《ディレイアーツ》』‼」


ぶぉん。


少年が振るった黒い剣が、巨大化した。

太さと長さは通常の5倍——いや、10倍はあっただろうか。

その刃《やいば》が、ガーゴイルの身体《からだ》をまっぷたつにしていく。

2体、4体、まとめて8体。

少年の黒剣が当たりやすいように、シーツは空中でぐるぐる回っている。

刃はそのまま、ガーゴイルをすべて砕いてしまった。

「……す、すごい」

「まさか、この人たちが、選ばれた勇者？」

「魔王軍を倒すために選ばれたという、本当の……」

「「やめてください!!」」「やめてほしいかと一」

嫌がられた。

やがて、シーツは地上へと降りていく。

ウェルズ侯爵と兵士たちは追ってこない。スライムの海に飲み込まれて、動けずにいるのだろう。

「あ、ありがとうございました」「このご恩は忘れません」「助かりました」

「気にしないでください」

優しい目をした少年は言った。

「僕も『来訪者』の人たちと、ちゃんと話をしたかったんです」

「話を？」

「はい。教えてください。『魔王軍』のことを。それと、商業都市メテカルで行われるという『公式勇者部隊の出陣式典』に心当たりがあるかどうか」

そう言って、少年は砦の方を見た。

「もっとも、後の方については、あそこにいる人たちの方が知ってると思いますけど」

——ナギ視点——

「……なんとかなったか」

今回の目的は、だまされた来訪者の救出だ。

ミサキ＝トーノさんは、すごく仲間思いだった。

仲間を助けるのに役に立つなら──と言って、知ってることをすべて教えてくれた。

ああいう人が本当の勇者だったらよかったのに。

「それにしてもすごいでありますね。ラフィリアどののスライム」

「ラフィリアの魔力と、『使い魔をでっかくしてじゃらすの杖』の相性が良すぎたからね……」

ラフィリアの使い魔のスライムは、彼女の汗や体液で分裂・伸縮することができる。

それに『魔力』で『使い魔』を『大きく広げる』杖を使ったら……砦のフロアいっぱいまで広がってしまった。もともとの『エルダースライム』が、エルフの魔力で身体をコントロールする生き物だからだ。それにあのアイテムは相性が良すぎた。

限界まで魔力を注ぎ込んだらどうなるんだろう……なんだか、怖くなってきたよ。

「…………ぐぬぬ。もがが」

砦の中からは、貴族と兵士たちのうめき声が聞こえる。

あいつらはまだ、スライムの海でもがいてるらしい。

『「エルダースライム」は「溶液生物支配《スライムブリンガー》」で、我がきっちりコントロールしておるぞ』

僕の背中で、魔剣状態のレギィが言った。

『貴族と兵士どもは拘束しておる。しばらくはこのままでよかろう』

「ありがと。じゃあ、今のうちに『来訪者』のひとたちと話をしよう」

僕たちはシーツに乗ったまま、木々の間を降りていく。

ここなら砦がよく見える。なにかあったら、すぐに対応できるはずだ。

「それじゃ、話を聞かせてもらえますか。みなさん」

僕はミサキさんと、他の3人の『来訪者』に言った。

みんな、ぽかんとした顔で僕を見てる。

「……すごい。私たちよりもずっと強い」

「もしかして、この世界の勇者なのか？」

「え？　これだけのスキルを持ってる人がいるのに、どうして私たちは召喚されたの？」

「まさか、貴族と王さまが魔王の手先とか？」

みんなびっくりしてる。

もうちょっと、ちゃんと説明した方がいいな。

「僕は、あなたたちと同じ『来訪者』です」

そう言って、僕は魔剣レギィを地面に置いた。

敵対する意思がないって証拠だ。

「それと、僕はあなたたちを元の世界に戻すことができます」

「「「「────え」」」」

「だから、話を聞かせてください」

目を見開くミサキさんたちに向かって、僕は言った。

「あなたたちを『魔王軍』にしようとしていた貴族が、なにをしようとしていたのか。あなたたちが、どんな扱いを受けていたのか。そのすべてを」


「──結論から言うと『魔王軍』の居場所を知っている人は、誰《だれ》もいないんですね？」

話を終えたあと、僕は言った。

ミサキさんたちは『魔王軍』に潜入する勇者として選ばれたはずだった。けれど、ウェルズ侯爵はミサキさんたちを、存在しない『魔王軍』の身代わりにするつもりだったらしい。

「『商業都市メテカル』では、『公式勇者部隊の出陣式典』が行われようとしてます」

僕が言うと、ミサキさんたちは目を丸くした。

やっぱり、知らされてなかったのか。

「その人たちは、魔王を討伐しに行くって聞いてます。そのパーティが向かう先は、たぶん、ここだったんでしょうね」

「じゃ、じゃあ、私たちが戦えと言われた『イキった冒険者』というのは……？」

「『公式勇者部隊』だと思います。実績をあげるために、魔王軍を倒す必要があったんじゃないかと」

まったく、タチが悪すぎる。

ウェルズ侯爵は、『魔王軍』に潜入するという口実で、ミサキさんたちをここに連れてきた。

魔物を信用させるためと言って、それっぽい衣装を与えた。

そうして、ここにやってくる『魔王軍討伐パーティ』と戦わせようとしていた。

さらに、万が一にも勇者を倒すことがないように、安全装置のかかったスキルを与えていたのか。

「……最悪だな。ほんとに」

僕の目の前には4つのスキルクリスタルがある。

ミサキさんたちがアンインストールした、ブラックスキルだ。

それぞれ『剣術LV5』『槍術《そうじゅつ》LV5』『火炎魔法LV5』『氷魔法LV5』。

ただし、『勇者の権能』という言葉に反応して、機能を停止するようになってるそうだ。

「あなたたちが元々持っていたスキルは『白いギルド』が回収していったんですよね……」

「はい。でも、スキルのことはもう、いいんです」

ミサキさんはそう言って、首を横に振った。

「あんまりいい思い出がないですから」

「そうだな。元の世界に戻れるなら、この世界に来たことは忘れたいですね」

「結局、使ったこともないしな」

「どうでもいいよ。もう」

4人は吹っ切れたように立ち上がった。

森の近くの平原で、ラフィリアが手を振ってる。

準備ができたみたいだ。

「みなさんを元の世界に戻すための魔法陣ができたですー。来てくださいー！」

ラフィリアの足元には魔法陣がある。

『異世界への門を開くスクロール』を使うためのものだ。

今回はラフィリアが詠唱を担当してくれることになってる。

カトラスとシロは、その手伝いだ。

「……もがが」

砦の窓では、ウェルズ侯爵がうなってるけど。そっちはとりあえず、無視で。


「──では、異世界への門を開くです」

ラフィリアが宣言すると、空に──別の世界の風景が映った。

僕がいた世界だ。


「……私たちの世界」「ああ、やっと帰れる」「よかった」「ありがとう……」

ミサキさんたちの身体《からだ》が、宙に浮かんだ。

「……私はもっと早く、あなたとお会いしたかったです」

ミサキさんが僕を見て、言った。

「そうすれば、もっと早く『魔王軍潜入班』を辞められたかもしれません。あなたとは、たくさんお話がしたかったです」

「僕も、話を聞いてくれる『来訪者』とは初めて会いました」

ミサキさんたちは、本当に仲間を大切にしていた。

『来訪者』にもこういう人がいたってだけでも安心する。

今まで出会った来訪者は、勇者をやりたい人ばっかりだったから。

「元の世界に行ったら、みんなにあなたのことを伝えますね。異世界で、救ってくれた人がいたって。だから……お名前を聞かせてもらえませんか？」

「ソウマ＝ナギです」

「いいお名前ですね」

「そうかな？」

「そうですよ」

ミサキさんはそう言って、笑った。

「忘れません。私たちを救ってくれた、異世界の英雄のことを──」

光は消えた。

異世界の門は閉じて──後に残ったのは、４人分のブラックスキルだけ。

「じゃあ、ぶっこわそうか。レギィ」

『了解じゃ！』

がしがしがし、ざくざくざく。

僕は魔剣レギィで、ブラックスキルを粉々にした。

残ったのはミサキさんが残してくれた、『魔王軍の鎧』だけだ。

これはマジックアイテムらしい。概念がついてる。


『魔王軍の鎧』

『特定の魔物』を『近く』に『引き寄せる』鎧（装備時限定）

……えげつないアイテムだな。

これを身につけていたから、ミサキさんは魔物に追われてたってことか。

『特定の魔物』と限定しているということは、おそらく、『魔王軍』用に調整された魔物が放たれてる可能性があるな。魔王軍の配下にするために。

そのあたりは、ウェルズ侯爵って人に聞いてみよう。

「あとは貴族と兵士に口止めして、おしまいかな」

「そうですねぇ」

「早いところ、済ませるであります」

僕たちは砦に入って、ウェルズ侯爵と兵士たちを拘束することにした。

「や、やめてください！　殺さないでくれえええええっ！」

スライムから解放されたウェルズ侯爵は、泣きながら叫んだ。

「わ、私が悪かった。命……命ばかりは助けてください」

「……いや、殺したりはしないけど」

「ほ、本当ですか」

「ただし、口止めはする。『契約』つきで」

僕は魔剣レギィに手を掛けて、そう言った。

ウェルズ侯爵と兵士たちは床の上に座り込んでる。武器は部屋の隅に片付けてる。

抵抗する気は、もうないみたいだ。

「彼らを傷つけようとしたのは悪かった。私も……やりたくてやったわけじゃないのだ」

ウェルズ侯爵は砦の床にひれ伏して、そう言った。

「仕事だから嫌々やっていたのです。社会人ってそういうところがあるでしょう？」

兵士たちはその後ろで震えてる。

フロアいっぱいのスライムに飲み込まれたことで、すっかり怯えてしまったみたいだ。

「仕事だからしょうがない、か」

「そ、そうだ。重要な仕事なのだ！」

「だったら、その内容を覚えているはずだよね」

「……う」

「『忘れた』とも『知らない』とも言えないはずだ。違いますか？」

僕が言うと、ウェルズ侯爵は真っ青になった。

「それじゃ、どういう仕事だったのか、教えてくれるかな」

「…………わかった」

ウェルズ侯爵はがっくりとうなだれた。

そうして、かすれる声で話し始める。

「王家の錬金術師《アルケミスト》の命令だったのだ。『ギルドマスター』が消えた後は、彼女が『白いギルド』の残党を指揮している。『計画』のために」

「王家の錬金術師？」

「エルフだ。とても長命で……いつから生きているかは存じ上げない」

「どんな人ですか？」

「金髪で紫色の目をしている。名前は……確かミヒャエラと」

ミヒャエラ。

その錬金術師が、今の黒幕らしい。

もしかしたら聖剣のことにも、なにか関係しているかもしれないな。

「……エルフ、ですかぁ」

声がした。

振り返るとラフィリアが、不安そうな目で僕を見ていた。

はじめてだった。

いつもほわほわなラフィリアが、こんな不安そうな顔をするのは。

「エルフで、とても長命って……まさか『古代《エルダー》エルフ』か」

「いえ、古代エルフは滅んだはずです。だから、もしかしたら」

ラフィリアは消え入りそうな声で、ぽつり、とつぶやいた。

「その錬金術師はあたしと同じ『古代エルフレプリカ』かもしれないです……」

第5話「ナギと行き違ってメテカルに着いたら、『勇者パーティ』に勧誘された」

──レティシア、リタ視点──


「やっと着きましたわ」

「久しぶりに来たわね。『商業都市メテカル』」

『港町イルガファ』を出発して、数日後。

リタとレティシアは、商業都市メテカルに到着した。

リタはまわりを見回した。この町は思い出深い。ここでリタは『イトゥルナ教団』を追い出されて、ナギの奴隷《どれい》になったのだ。

今のリタは獣耳を隠して、人間モードになっている。

昔の知り合いがいるかもしれないから、用心のためだ。

「それにしても……ナギと会えなかったわね」

「『意識共有《マインドリンケージ》・改』はどうですの？」

「メッセージを送っても反応がないの。『けんがい』みたい」

「なにかあったのでしょうか……って、リタさん、どこに行きますの⁉」

「ナギを探しに！」

「落ち着きなさいな。まったく」

レティシアはリタの手をつかんで、止めた。

「ラフィリアさんとカトラスさん、シロさんとレギィさんも一緒なのです。きっと大丈夫ですわ。待っていればすぐに来ますわよ」

「でもでも」

「わかりました。2日待って連絡が取れなければ、探しに行くことにしましょう」

レティシアはリタをなだめるように、うなずいた。

「その間に、わたくしは大急ぎで用事を済ませますわ。そうすれば心置きなく、ナギさんを探しに行けますもの。ナギさんを探している途中で、子爵家の者たちに邪魔されたくないですものね」

「……レティシアさま」

「レティシア、でいいですわよ。リタさん」

レティシアは笑った。

「私はナギさんの親友なのです。そして、あなたはナギさんの『結魂《スピリットリンク》』の相手でしょう？」

「……う、うん」

「だったら、あなたもわたくしと対等ですわよ。そんな顔しないでくださいな」

白い指で、リタの額を突っつくレティシア。

リタはびっくりしたように目を見開く。

それから、差し出されたレティシアの手を取って、

「わ、わかったわ。レティシア」

「それでいいのですわ」

「ナギのことは心配だけど……今の私は、レティシアの護衛だもんね。しっかりしないと」

「では、子爵家にあいさつに行きましょうか」

「わかった。一緒に行くわね」

リタは深呼吸して立ち上がる。

今回、メテカルに来たのはレティシアの護衛も兼ねている。

彼女はナギ――ご主人様の親友だ。その身を守るのは、奴隷として当然のこと。

それに……ナギに会うための口実をくれたのも、レティシアだから。

そんなわけで、リタとレティシアは一緒に『ミルフェ子爵家』に向かうことになったのだった。


「おお！　我が娘レティシア。よくぞ戻った！」

ここはミルフェ子爵家の屋敷。

帰宅したレティシアを玄関先で出迎えたのは、彼女の父だった。

長いヒゲをたくわえた姿を見て、レティシアは思わずうめいた。

父――ザイード＝ミルフェは、以前はヒゲなど生やしていなかった。また、貴族の流行に合わせ

たのだろう。やけに宝石をちりばめた服もそうだ。

すぐに影響されるのですから——と、そんなことを考えて、レティシアはため息をついた。

「ただいま戻りました。こちらはわたくしの友人、リタさんです」

「レティシアよ。いつも言っているではないか、友人は選べと」

ミルフェ子爵はリタを見て、肩を落とした。

「貴族のお前が奴隷を友人にするなど——」

「あいさつは済みましたわ。帰りましょう。リタさん」

「冗談だ‼　冗談を言っているのに本気にするやつがあるか⁉」

踵《きびす》を返したレティシアに、慌てて駆け寄るミルフェ子爵。

完全に本気でしたわよね——そんな言葉をつぶやきながら、レティシアはリタの方を見た。

リタは驚いた顔をしていた。そうだろうと思う。

父の日和見《ひよりみ》っぷりは、娘である自分が一番よく知っている。

本当なら、親友であるナギの仲間に、こんな家族は見せたくなかった。

きっと、リタもあきれているはず——

「レティシアってすごいのね……」

けれど、返ってきたのは賞賛の言葉だった。

リタは、レティシアの耳に口を近づけて——

「こんな環境で、ちゃんと正義の貴族をやってるレティシアって、すごいね」

「……あ」

リタの言葉に、思わず頬《ほお》が熱くなる。

ナギの仲間が、自分にあきれるはずなんかなかったのだ。

パーティのみんなは子爵家令嬢としてではなく、レティシア個人を見てくれている。

それに気づいて、思わずうれしくなってしまう。

目の前にいる父のことなんか、どうでもよくなってしまうくらいに。

（……わたくしも、ナギさんの影響を受けているのでしょうね）

レティシアも覚悟を決めるべきなのだろう。

これから、誰《だれ》と生きていくのか。自分のいるべき場所は、どこなのか。

「わたくしは、あいさつに戻ってきただけですわ。父さま」

レティシアは父に向かって、告げた。

「父さまはおっしゃいました。自由に生きたければ子爵家令嬢としての役目を果たせと。ご命令通りにわたくしは『港町イルガファ』の『次期領主おひろめパーティ』に参加いたしました」

「おぉ、レティシア」

「これでもう、わたくしは自由ですわね。失礼いたしますわ」

すっきりとした顔で、父を見返すレティシア。

「待つのだレティシア！」

「……なんでしょうか」

「お前に、とても名誉ある依頼が来ているのだ」

興奮した様子のミルフェ子爵。

まわりにいるメイドも、執事も、衛兵も緊張した表情だ。

「この町で『公式勇者部隊の出陣式典』が行われることは知っているか？」

「存じていますわ」「知ってます」

レティシアとリタはうなずき返す。

知っているも何も、出陣式見物に来たナギを追いかけてここまで来たのだ。

けれど、ミルフェ子爵は、芝居がかった動作で両腕を広げて、

「なんと、魔王軍と戦う勇者のひとりに、お前が選ばれたのだよ！　レティシア‼」

「「おめでとうございます！　お嬢様‼」」

メイドと執事、衛兵たちが一斉に拍手する。

「なんという名誉！　なんという名誉だろうか‼」

ミルフェ子爵は紅潮した顔で天をあおぐ。

「ついに、ついに魔王軍と戦うための勇者が出陣するのだ！　この国で最強の勇者と呼ばれる者たちが、王の公式認定を得て戦いに向かうのだぞ‼　その一員に……わがミルフェ子爵家の一人娘が選ばれるとは……ああ、なんという……なんという栄誉か‼」

子爵家の玄関に、ミルフェ子爵の声が響き渡る。

メイドたちと執事の拍手も鳴り止《や》まない。

感動ムードの中、リタとレティシアはぽかん、とした顔になる。

「「……えっと」」

「驚くのはわかる。お前は魔王と勇者について、なにも知らないのだからな」

「いえ」

レティシアは首を横に振った。

（よく知っていますわ。父さま。少なくとも勇者については）

ナギと一緒にレティシアは、異世界から召喚された勇者と関わってきた。

結構苦労した。

『勇者』が尊敬する者から、関わりたくない者に変わってしまうくらい。

「父さま」

「なにかな、我が娘レティシアよ」

「『魔王軍』なんてものが、本当に存在しますの？」

「存在するに決まっているだろう⁉」

「根拠は？」

「みんながそう言っているからだ」

「……他には？」

「それ以外に情報が必要か？」

「必要でしょう。これから、戦う相手のことなのですから」

「上位貴族の皆さまがたはこう言っている。予言があると」

「予言？」

「とある錬金術師《アルケミスト》が星を読み、導き出した予言だそうだ。『まもなくこの商業都市メテカルに、魔王軍が攻めてくる。おそるべき魔王軍がすでに、この近くに拠点を構えているかもしれない』と。

だから急遽《きゅうきょ》、『公式勇者部隊』が組まれることになったのだよ」

嘘《うそ》を言っているようには見えなかった。

父はその予言を信じているのだろう。

レティシアにとっては、怪しいだけなのだけど。

「わたくしは『公式勇者部隊』などに入るつもりはございません」

「な、なにを言うのだ、レティシア‼」

「勇者になりたい方はいくらでもいるはずです。その方たちにお任せしますわ」

「お前を勇者パーティに入れるために、わしがどれだけ頭を下げたと思っている！」

だん、と、ミルフェ子爵は床を踏みならした。

「わしは社交界で上位貴族の皆さまに頭を下げ続けたのだぞ。ミルフェ子爵家に名をあげる機会をくださいと。それを無駄にするつもりか」

「元々無駄でしたのよ。父さま」

「魔王も、この世界を狙《ねら》う悪も、たぶん……いないのよ」

レティシアの言葉を、リタが引き継いだ。

「いるのは魔王……いえ、魔竜あつかいされた、心優しい竜くらいだったわ。勇者も魔王も存在しない。いたとしたら、それは作られた者でしかないのよ」

「わたくしも同感ですわ。勇者がどのようなものか、この目で見て来ましたもの」

「でも、それはもう終わったの」

「『白いギルド』の崩壊によってですわ。お父さま」

そう言って、レティシアとリタは話をしめくくった。

「お前たちはなにを言っているのだ！」

「公式勇者などに意味はないと言っているのですわ」

「魔王も魔王軍もいないと？　だから公式勇者に意味はないと？　ざれごとを申すな！」

ミルフェ子爵は吐き捨てた。

「仮にそうだとして……だからなんだというのだ。王と貴族は『魔王軍』を討伐するために、公式勇者を設定した。それを否定するのか？　真面目《まじめ》に勇者をしている者を、不快にさせるだけではないか⁉」

「否定はしません。関わりたくないだけです」

「……関わりたくない、だと？」

「噂《うわさ》でしかない魔王軍、王家がむりやり喚《よ》び出して『ぶらっく』に使っている勇者。そんなものに時間を費やすつもりはないということです。わたくしは、自分の道を見つけました」

レティシアは胸に手を当てて、宣言する。

「わたくしは親友と出会ってから、たくさんの事件と関わりました。そして、改めて確信したのです。貴族とは、人を助けるものであると。でもそれは『魔王軍』などという巨大な組織と戦うことではありません。信頼できる仲間とともに、手の届くところにいる人を助ける……私が目指す貴族とは、そういうものなのです」

「わしには、お前の言うことがわからぬ。わからぬよ……」

「わたくしを強引に止めますか？　お父さま」

レティシアは周囲を見回した。

リタは、レティシアを守る位置に移動する。

「待て、レティシア。話し合おう」

「話し合う？」

「お前は勇者になることの意味がわかっておらぬようだ」

「わかっていますわ。勇者とは他者を『ぶらっく』に扱う者で──」

「それは以前の勇者であろう？　今は勇者を管理する者が変わったのだ。見よ」

ザイード＝ミルフェは、首から提げたアミュレットを示した。

「勇者に関係する者は、先着順でこのようなアイテムがいただけるのだ。なにも仕事をしないうちからだよ？　報酬の先渡しとは、なんと豪気な話ではないか！」

「……勇者の管理者が、報酬の先渡しを？」

「……そんなことがあるの？」

レティシアとリタは顔を見合わせた。

『白いギルド』の『ギルドマスター』は、貴族を操り、勇者や冒険者をこき使っていた。それはかつて『地竜アースガルズ』が勇者に殺されたことへの恨みからだ。

けれど、地竜は消えた。

今の『白いギルド』を誰《だれ》が管理しているのかはわからない。

その者は、報酬を先渡ししているとなると……。

「本当に、いいものに変わったんですの？」

「人をこき使うのはやめたってこと？」

「このアミュレットは魔法のアイテムでな、通信機能がついているのだ‼」

ミルフェ子爵は高々と、アミュレットを掲げた。

「わしの魔力や体調を読み取り、上司に伝える機能がついている。わしが休みすぎたり、眠りすぎたりすると、警告の言葉を発してくださるのだ‼」

「「……え」」

「公式勇者の方々もこれを着けていると聞いている。ついにわしも、選ばれし者の仲間入りだ。このような報酬をいただいておいて、勇者を疑うというのかね、レティシア！」

「疑いますわ！」

「それ、一番だめなやつよ。レティシアのお父さま！」

レティシアとリタは、思わず声をあげた。

ふたりともナギから、彼の世界にある『けいたい』や『すまほ』のことは聞いている。

それは彼の世界の『ぶらっく』な人間に悪用されて、ナギを精神的に追い詰めていた。

レティシアの父の手の中にあるのは、それと同じくらい危険なものだ。

「休む時間さえも自分で選べないなど……そんな人生を送るつもりはございません！」

「違う！　正しい生き方を教えてもらえるのだ！」

「……もういいですわ。父さま」

レティシアは軽く頭を下げて、後ろに引いた。

「わたくしと父さまの道は分かたれました。これで失礼いたしますわ」

「行きましょう。レティシア」

リタとレティシアは並んで、屋敷の外に向かって歩き出す。

「これには通信機能があると言っただろう。我が娘よ」

ふたりの背後で、ミルフェ子爵がつぶやいた。

「すでに先方に話は通してある。お前を勇者とするためにね。迎えが来たようだよ――」

ばたん、と、音を立てて、屋敷の扉が開いた。

その向こうに立っていたのは――槍《やり》を手にした少女と、両手に剣を持った少年。

「『風の勇者』です。仲間を迎えに来ました」

「同じく『地の勇者』です。歓迎します。レティシア＝ミルフェ」

少女と少年は、それぞれの武器を構えた。

少女のまわりで、風が渦を巻いていた。

庭から入り込んだ木の葉が、彼女の周囲で刻まれて落ちていく。真空の刃《やいば》だ。

少年の足元では、地面から岩が生み出されている。

それがとがった刃となり、ゆっくりと、レティシアたちの方に近づいてくる。

「『白いギルド』の後を継いだ、偉大なる『錬金術師』の導きにより」

「われら『公式勇者部隊』は、予定通りに仲間を勧誘する」

「この後、商業都市メテカルには魔王軍の襲撃が予定――予言されている」

「そのためにも、我ら選ばれし者は力を合わせなければならない」

淡々とした言葉に、レティシアの背中に汗が伝う。

「この人たちが『公式勇者部隊』……」

こうして前にしているだけで、相手の強さがわかる。

彼らは呪文《じゅもん》を唱えることもなく、風を巻き上げ、岩を作り出している。

それは間違いなく『ちぃとすきる』だ。

今まで戦った勇者と比べて、桁違いに強いのがわかる。

「ちょっと待ってくださいませ。父さま」

「相談します。少し時間をください」

レティシアとリタは部屋の隅へと移動。

額を突き合わせ、小声で話し始める。

「……どうしましょう。リタさん」

「……どうしよう。脱出する？」

脱出はできるだろう。

リタとレティシアのチートスキルなら、勇者の足止めくらいは可能だ。

でも――

「ナギは……『錬金術師』の情報を知りたがると思うの」

「元々ナギさんは『公式勇者部隊』について調べるために、メテカルに向かったのですもの」

ひそひそ、ひそひそ。

リタとレティシアは言葉を交わす。

この場にいる2人が『公式勇者部隊』のメンバーなら、情報を持っているはず。

もしかしたら錬金術師のことも知っているかもしれない。

情報を集めれば、ナギが楽になるはず。

そこまで考えて、ふたりは――


「「うわー、とてもかなわない。こうさんだー」」


真顔のまま、両手を挙げた。

「「「…………へ？」」」

ミルフェ子爵、ふたりの勇者、メイドに執事に衛兵――

この場にいるすべての者が、ぽかん、とした顔になる。

リタとレティシアは顔を見合わせて、にやり。

それから――

「話を聞かせていただきますわ」

「勇者と――背後にいる『錬金術師』について。その名前と、すべてを」

ふたりは静かな笑みを浮かべて、そんなことを宣言したのだった。

第6話「ラフィリアの禁じ手と、ご主人様との深い繋《つな》がり」

ミサキさんたちを送り出したあと、僕たちは予定よりも2日遅れで温泉地リヒェルダに着いた。

砦を攻略するのに、時間を取ってしまったからだ。

「ラフィリア……大丈夫かな」

「『錬金術師《アルケミスト》』のことを気にされているようでありましたね……」

僕とカトラスは、壁の方を見た。

隣の部屋では、ラフィリアが休んでる。

彼女は『魔王軍控え室』を出てから、ずっと、元気がなかった。

エルフが『白いギルド』と関係してたのがショックだったみたいだ。

「本当に『錬金術師』が『古代エルフレプリカ』かどうかは、まだわからないけどね」

僕は椅子から立ち上がった。

「カトラスは、レギィとシロを見てて。僕はラフィリアと話をしてくる」

「わかったであります。あの……あるじどの」

「どしたの、カトラス」

「ラフィリアどのはボクの先輩で、大事な奴隷《どれい》仲間であります」

「うん」

「いつもはほわほわしていらっしゃいますが、本当は真面目《まじめ》な方でありますし、あるじどのやシロさま、ボクのことも、大事に思っていらっしゃるでありますす」

「うん。わかってる」

「だから……で、ありますね」

カトラスは少しだけ頬《ほお》を染めて、まっすぐに僕を見て、

「ラフィリアどのが望むことを、叶《かな》えてあげて欲しいでありますす」

「大丈夫、なんとなくだけど、わかるから」

まずは話をしてみよう。

ラフィリアの望みを叶えるのは、それからだ。

——ラフィリア視点——

「……おかしいです。立ち上がれないのです……」

あたし——ラフィリア＝グレイスは、ぼーっと宿の天井を見ていたです。

ここは温泉地リヒェルダ。

あたしとマスターが初めて出会った、記念すべき場所なのです。

お風呂でバッタリという、運命的な出会いをしたです。

あのときあたしはマスターに、すべてを見られてしまったです。あれはきっと、あたしのすべてがマスターのものになるという前兆だったですねぇ。うんうん。

だから、次にマスターと温泉地《ここ》に来たら色々しようと、あたしは考えていたですよ。

でも……なぜだか、動く気になれないのです。

昼間に聞いた話が、頭から離れないのです。

エルフの『錬金術師』……ミヒャエラさん。

あの人があたしと同じ『古代エルフレプリカ』だと、決まったわけじゃないですのに。

「……あたしは『古代エルフ』に作られた、彼らのレプリカなのですよねぇ」

最近そのことを忘れてました。

マスターと一緒にいるのが、楽しすぎたからです。

『古代エルフレプリカ』はあたしの他に、もうひとりいたです。

『霧の谷』で眠っていたという、ガブリエラ＝グレイスさん。

その人は貴族に利用されて命を落としたと、ミイラ飛竜《ワイバーン》のライジカさんが言っていたです。

引っかかるのは、そこなのです。

もしも、『古代エルフレプリカ』に、貴族に従うような仕組みがほどこされていたとしたら……

あたしも、そういうものだったら、どうしたらいいのですか。

あたしはマスターにスキルを書き換えられているです。

ですから、そうならないとは思うですけど……不安はあるのです。

マスターに迷惑をかけるのが……こわいですぅ。

だから、あたしは。

あたしの——したいことは——


こんこん。


「はい。ラフィリアは、お部屋にいるです」

「僕だよ。入ってもいい？」

「もちろんです。マスターを拒むような扉は、あたしが劣化させてしまうですよ」

あれ？　立ち上がることができたです。

あたしはそのまま、部屋のドアを開けるです。

さっきまで冷えていた心が、ふんわりと温かくなるのです。

ドアを開けると、マスターの顔があったですから。

「様子を見にきたんだ。大丈夫？」

「難しい質問ですねぇ」

「そうなの!?」

「大丈夫と言えば、マスターはお部屋に戻ってしまうかもです。でも、大丈夫でないと言えば、マスターを心配させてしまうです。あたしは……どうすればいいですか」

「……素直に自分の状態を教えてくれればいいと思うよ」

「ほわほわラフィリアは、少し、ふらふらです」

「入るね」

「どうぞです」

あたしはマスターをお部屋にお招きしたです。

カーテンを引いたままの部屋には、魔法の灯《あか》りがついているです。

ぼんやりした光に照らされたマスターの横顔は、いつにも増して魅力的で、ドキドキするです。

思わずその視線を追ってしまいます……おっと、床に下着が落ちていたですね。そういえば汗をかいたので着替えたのでした。

「……失礼しましたです」

「……いえいえ」

……ほっぺたが、ぽかぽかするです。

不快ではないのです。幸せな、温かさなのです。

「そういえばマスターは、前にもこのお宿に泊まったことがあるですよね？」

「そうだね。イルガファに行く途中で、イリスに出会った後かな。彼女の紹介で、イルガファ領主家の宿を手配してもらったんだ」

「そのときのお話を、聞かせてもらっていいですか？」

「あのときは……墓参りしてたイリスが、魔族を名乗る『来訪者』にさらわれそうになったんだ。それを助けた関係で、この宿に泊まることになったんだよ。セシルの体調が悪かったから、ちょうどよかったけど」

「セシルさま、お身体《からだ》が小さいですからね」

「まぁ、この宿で休んだら、すぐに回復したけど」

『魂約《エンゲージ》』の大回復効果ですねぇ」

「知ってるんじゃないか」

「回復されたところだけですよ。他は初耳ですぅ」

「そっか」

「そうなのです」

ベッドに腰掛けて、あたしとマスターは笑います。

「あのですね、マスター」

「なにかな、ラフィリア」

「あたしは……ちょっと落ち込んでいるです」

「エルフの『錬金術師』のこと？」

「お見通しでしたか」

「わかるよ。家族のことだからね」

「マスターには、敵《かな》わないですねぇ」

思わず、ことん、と寄りかかってしまうです。

マスターはそれを許してくださいます。

だからあたしは、抱えていたことを、話すことにしたのです。

「あたしは『霧の谷』で、自分が『古代エルフレプリカ』だと知ったとき、よかったー、って思ったです」

「うん。覚えてる」

「それはですね、あたしが、まっさらなあたしで、誰《だれ》にも触れられてないあたしで、マスターのものになれるって思ったからです。でも、でもですね……」

あたしは少し、ためらってから、

「同じように作られたあたしの姉妹が、世界に迷惑をかけていたら、どうすればいいか……って思ってしまったですよ」

「それはラフィリアのせいじゃないよ」

「そうでしょうか?」

「当たり前だろ」

「でもでも……」

「だから、確かめに行こうよ。もしもミヒャエラって人が『古代エルフレプリカ』だったら、ラフィリアが使命から解放されてる姿を見せればいい。そうすれば向こうも、同じようになりたい、って思うかもしれないだろ」

「……なるほどです」

名案なのです。

あたしはマスターによって、使命から解放されたです。

その幸せな姿を見せることで、相手を説得できるかもしれないのです。

さすがマスターなのです……なのですが……。

「そのためには、あたしがすっごく、すっごーく幸せな姿を見せる必要があると思うです……なので、マスター」

あたしはマスターの目を見て、お願いします。

おねだりです。

奴隷《どれい》の身でおねだりをするのは、いけないことです。

なので、怒られたら、あたしはマスターにおしおきしてもらうことになるです。幸せです。

怒られなかったら、あたしの願いが叶うです。幸せです。

だから、どっちにしても、あたしは幸せになってしまうのです。

というわけで、これはめったに使わない禁じ手なのですが――

「あたしと、すっごくすっごく深いところで……繋がっていただけないですか？」

「……うん。わかった」

「魂でですよ？　も、もちろん……身体の方でもいいのですが……」

「そうだね。できれば『結魂《スピリットリンク》』もしておきたいけど」

「あれは一定時間『魂約』してる必要があるですよね？」

「でも……あれは魂の繋がりの強さが問題になるわけだから、抜け道がありそうなんだけど」

マスターは、顎に手を当てて考え込んでるです。

あたしの一番好きな表情なのです。どきどきするのです。

ちなみに、二番目はないのです。

マスターのどんな表情も、あたしにとっては「一番好き」ですからね。

だからあたしは、床に座って、マスターの顔を見上げました。

望んでいることを、はっきりお伝えすることにしたです。

素直なところ、わかりやすいところ。

これがあたしの取り柄ですからね。

「マスター……あたしをいっぱいいじって、繋がって欲しいです」

そうしてあたしは身体の力を抜いて、マスターにすべてをゆだねることにしたのでした。


――ナギ視点――


「……あのさ、ラフィリア」

「なんですか。マスター」

「『魂約』するのはいいけど……なんでお風呂で?」

僕たちのまわりには、湯気が漂ってる。

湯船のお湯はちょっとぬるめだけど気持ちいい。

ここは、温泉地リヒェルダの宿にある『家族風呂』だ。

イルガファの領主さんは『メテカル豪華観光ツアー』を僕たちにくれた。そのツアーの中に、家族風呂1日使用権も入ってたんだ。

しかも、家族風呂はかなり広い。

プールのような湯船に、入っているのは僕とラフィリアだけ。

今日は誰も入ってこないから……僕たちがこっそり『魂約』しても、誰にもわからない。

わからないのはいいんだけど……。

「もう一度聞くよ。ラフィリアはどうして、お風呂での『魂約』をリクエストしたの？」

「『魂約』をするためには、マスターにすべてをゆだねて、あたしはリラックスする必要があるです」

「うん。そうだね」

「だから、身体の緊張を取る必要があるです」

「その通り」

「お風呂だと浮くので、肩が楽なのです。ゆえにリラックスできるですよ」

なにが？　と、聞く必要はなかった。

ラフィリアの胸が、お湯の中で浮いてるから。

だからお風呂か……理に適《かな》ってるな。

「……ふんいき、こわしちゃったですか？」

ラフィリアは肩越しに、僕を見た。

「ごめんなさい。調子に乗ってしまったかもです。マスターがしてくださるのが……うれしくて」

「気にしてないよ」

僕はラフィリアの、ピンク色の髪をなでた。

少し湿った髪はまるで絹糸のようで、触ってると気持ちがいい。

「そういうのも含めてラフィリアだろ。僕の家族だもんな」

「マスター……」

「じゃあ、はじめるよ。力を抜いて」

「はいです。マスター」

ラフィリアは僕の前に座ったまま、だらん、と、身体の力を抜いた。

かすかに流れるお湯の中、白い腕と脚が揺れている。

僕はラフィリアの胸に手を当てた。

「発動『能力再構築《スキル・ストラクチャー》』」

スキルを起動して、ラフィリアの中にある『不運消滅』に触れる。

今回はスキルの書き換えはなし。

魔力を送り込んで、僕とラフィリアを一体化するだけだ。

「……んっ。あ、あうぅ。マスター」

「ラフィリア?」

「あ、あたし……おむね、おっきいですから……」

ラフィリアは僕の手に自分の手を重ねた。

そのままゆっくり……沈み込ませるみたいにして、自分の胸に押しつけていく。

「ちゃんと、深いところまで届くように……こうした方が……うまくいきそうな気がするです。こ、『古代エルフレプリカ』の直感なのです」

「う、うん。いいよ」

ふわり、と、僕の手の中で形を変える、ラフィリアの胸。

目の前にあるラフィリアのエルフ耳は、先端まで真《ま》っ赤《か》になってる。

空いた手をなんとなくそこに這《は》わせながら、僕はラフィリアの中に魔力を注ぎはじめる。

「……ん……んっ。あ、あんっ。ぴりぴり……するです」

ぱしゃん。ぱしゃ。ぱしゃしゃっ。

「……こ、これ……すごい……ですぅ。身体、うごいて、とまらない……ですぅ」

ぴしゃ。ぱしゃ。ぱしゃん。

ラフィリアの身体が跳ねて、お湯のしぶきが舞う。

切なそうに頭を振って、それでもラフィリアは、僕の手を放さない。

「……しげき……は、スキルの『再構築』より……よわいのに……。身体、はねちゃうですぅ……

マスターが入ってくるの……うれしぃ」

「魔力、通ってる？」

「くるです……胸から……お腹《なか》へ。耳たぶからも……すごいですぅ……」

ラフィリアはぽーっとした顔で、僕を見た。

僕は魔力の通りやすい場所を探して、指を移動させていく。

指先が触れるたびに、ラフィリアの身体が、ぴくん、と跳ねる。

耳たぶから、首筋に。

首筋から、鎖骨のあたりに。

背中から、お腹に。

お腹から、脚まで。

「……おゆのなかで、よかったですぅ」

ラフィリアが、ぽつり、とつぶやいた。

「…………いろいろ……大変なことになってるの……ごまかせるですから」

「……大変なこと？」

「マ、マスターがお望みなら……あ、あたし、くわしく説明するですけど……」

「……今日は『魂約』だけだから」

「そうですねぇ」

ラフィリアは「あふぅ」と、熱っぽい息を吐いた。

「……一気に『結魂』までいける方法があれば……いいですけど」

「あれは『魂約』してる時間が必要になるからね」

「んっ……でも。マスターなら……あぅ。いい方法……思いつくと……んんっ。思う、です」

「いい方法か……」

時間の代わりになるものがあればいいんだよな。

例えば……密度とか。

『魂約』で結びついている時間が問題なら、その分密着するというのもありかもしれない。

例えば、1日に『魂約ポイント』が100ポイントたまるとして。

深く深く繋がり続けることで、1日に10000ポイントくらい稼ぐことができるとか……？

「でも、ラフィリアの負担になりそうだな」

「……いい、ですよぅ」

ラフィリアは僕の胸に、頭をこすりつけた。

「あたしで、実験してくださいです……マスター」

「ラフィリア……」

「あたしは、マスターのために存在するです」

ラフィリアは僕の手を取り、また、やわらかな胸に当てた。

「この身体《からだ》も、心も、魂も……マスターに使っていただくためにあるです。古代エルフレプリカとしてのあたしを作ったのは『古代エルフ《エルダー》』ですけど――ラフィリア＝グレイスという女の子を作ったのは、マスターですよぅ」

「……そうなの？」

「不運を抱えてさまようだけだったあたしに、マスターは自由をくれたです。そばにいていいって、言ってくれたです。こうして……抱いてくれているです。それだけで……あたしのすべてをマスターに捧げるには、十分すぎるのです……」

ラフィリアは子犬みたいに、もう一度、僕の胸にほっぺたをこすりつけた。

「……さぁさぁ。実験するです」

「まずは『魂約』を済ませてからだけど……じゃあ、その前に」

ラフィリアの身体すべてをスキャンしてみよう。

魔力の通りやすいところと、通りにくいところ、すべてをチェックする。

そうすれば『魂約』の密度を上げる方法も、わかるかもしれない。

「ふふふ……やる気になったですね。マスター」

ラフィリアは額に汗を浮かべながら、不敵な笑みを浮かべた。

「覚悟はできているです。さぁ、あたしの隅々まで実験に使ってくださいです……マスター！」


——10分後——


「だ、だめです。マスター……そこは魔力の通り……よすぎで……んっ。んっんっ。んんんっ‼」

がくがくがくっ、と、ラフィリアの身体が震えた。

ラフィリアは、ぱくぱく、と、口を開けたり閉じたり。

目に涙を浮かべて、それから、くたん、と脱力した。

「……えっと」

「ま、まだ大丈夫です。どんとこいです。マスター……あ、あああああんっ！　ち、ちがうです。そこに来るとは思ってなかったですぅ。や、あああ、また、またです。あたし……だめになっちゃ……だめ……とけちゃ……んんんっ‼」

「あと……スキャンしてないところは」

「も、もうないですよね。マスター。え？　まだそこがあったですか……ちょ……あ、あああっ。

「あふ、あふあふ……ん────っ‼」

　僕の目の前で真っ赤になって、ふるふると震えるラフィリア。

『魂約』のための、魔力合体をはじめてから15分。

　僕とラフィリアはぴったりとくっついて、魔力を循環させてる。

　すでにラフィリアは僕の魔力で満たされてる。

　こうしてくっついてるだけで、どうして欲しいのか、なにを望んでるのかもわかる。

「なるほど。ラフィリアは全身スキャンをもう一回して欲しいのか」

「……の、望んでないですぅ。あたし……そこまでして欲しいなんて……思って……」

「そっか。じゃあやめよう」

「…………してください、マスター」

　ラフィリアは、かり、と、自分の指をかんでから、言った。

「もっかい。もっかい……お願いですぅ」

「まぁ、実験だからね」

「ひゃ、はい。あたしを……くまなくじっけんしてください……すみずみ……んっ。んんんっ‼」


──さらに10分後──


「……はぅ……あ……んんん」

「……ごめん。やりすぎた」

ラフィリアは僕の腕の中で、ぴくん、ぴくん、と震えてる。

半開きの口からは、はふぅ、と何度も息を吐いてる。

うつろな目で僕を見て、何度も、ほっぺたをこすりつけてる。

「…………あたし……ラフィリアは、どうぶつになってしまったかもしれないです……」

ラフィリアは口を半開きにして、そう言った。

「もう……マスターと繋がってることしか……考えられないです。あたま、まっしろ……」

「……大丈夫？　ラフィリア」

「大丈夫です。生まれ変わったらスライムになると、決めたです。そうして……マスターの服の形になって、ずっとくっついているのですぅ……」

「人間……いや、エルフに戻って、ラフィリア」

僕はラフィリアの頭をなでた。

「それに、スライムになっちゃったら、みんなと一緒に買い物にも行けないだろ。生まれ変わってもみんなで、普通の生活をしようよ」

「そう……ですねぇ」

「そうだよ。平穏で普通で、働かない生活が、僕の夢なんだから」

「……そうなの、です。そのために、あたしは……」

ラフィリアはとろん、とした目で、僕を見た。

「……スライム生活も魅力ですけど、今はマスターのおそばで、エルフをやるです」

「そうだね、じゃあ」

僕はラフィリアの手を取った。

ラフィリアの細い指が、ぎゅ、と握り返してくる。

「誓いの言葉を」「ですぅ」

僕たちは声をそろえて、誓いの言葉を詠唱する。

「僕、ソウマ＝ナギは、ラフィリア＝グレイスとの消えない縁を望む」

「ラフィリア＝グレイスは、世界の終わりまでマスターとご一緒するです」

「太古に定められた、運命さえも乗り越えて――」

「あたらしい生命として生き、マスターの赤ちゃんを産むです‼」

「『魂の結び目の約束を』――『魂約』」

ラフィリアの胸から、光る輪が生まれた。

そこから小さなラフィリアが現れて――

『……ますたあああああああっ。わわっ！』

ぽて、と転んだ。

「だ、大丈夫？」

『えっと、えとえと』

僕が指でつまんで起こすと、ラフィリアの魂は照れたように笑う。

それから――

『つくられたうんめいからすくいだしてくれたひと。きぼうをくれるひと』

ラフィリアの魂は『かっこいいポーズ』を取って、宣言した。

『「けいやく」よりもつよいえにしを──あなたにっ！』

ラフィリアは僕の指に抱きついた。
すごく、うれしそうな顔で、ほっぺたをこすりつけて、

『「こだいえるふ」のじゅばくさえ、のりこえて』

『このせかいに、あたらしいやくそくを』

『あたし……ラフィリア＝グレイスと、せかいが、やさしくあるように』

『いっしょにいてくださいです、マスター』

ちゅ、と、小さなラフィリアは僕の指に口づけた。
髪を一本抜いて、薬指に巻き付けて、「えへへ」と、無邪気な笑顔を見せてから、消えた。
『魂約』成立だ。

新しいラフィリアのスキルは――

『作戦会議《チートタイム》』（魂約《エンゲージ・スキル》スキル）

スキル発動時にラフィリアの近くにいる人と、数分間の作戦タイムを取ることができる。

作戦タイム中は意識だけが異空間に移動し、時間の流れから切り離される。

その間、外部の世界に干渉はできない。

作戦タイム中の記憶は維持される。

使用回数制限：１日１回。


「時間系のスキルが来た⁉」

このスキルは数分間、時間を止めることができる。

その間はパーティメンバーだけが、異空間で作戦会議をすることができる、ってことか。

外部干渉はできないから、時間停止中に相手を倒したりは無理みたいだ。

でも、敵の攻撃を見てからスキルを使えば、初見の技にも対応できる。

さすがラフィリア、強力すぎるスキルだ。

使用回数は1日1回——って、そうだよな。

何回でも使えたら、完全無敵になってしまう。

で、僕の方のスキルは——

『真・高速再構築《クイックストラクチャー・トゥルー》』（魂約スキル）

『高速再構築《クイックストラクチャー》』の最上位版。

再構築後のスキルの不安定化の時間は延長される。

ご主人様は概念に触れることもなく、「安定化させたい」と考えるだけで、スキルの調整を行うことができる。そのため、離れた状態でもスキルの調整が可能。

代わりにご主人様と奴隷《どれい》は、魔力でとても深く繋がることになる。

奴隷は常にご主人様との一体感を抱き、その存在を自分の体内に感じることになる。


「高速再構築の最上位版か」

……ん？

説明文が引っかかるな。もう一度よく読んでみよう。

『ご主人様と奴隷は、魔力でとても深く繋がることになる』

「……とても深く、繋がることになる」

もしかして、このスキル。

スキルの『再構築』だけじゃなくて、『魂約』の密度を高めるのにも使えるんじゃないか？

「……むにゃむにゃ……あたし、お花畑にいるです。ふわふわです。きもちーです……」

「ラフィリアが目を覚ましたら話してみよう」

この『真・高速再構築』をうまく使えば——

すぐにラフィリアとの『結魂』ができるかもしれない。

第7話「リタ、ご主人様にドレス姿を送る（レティシアはうっかりさん）」

――リタ、レティシア視点――


「ここがレティシアの部屋ね」

「あんまり見ないでくださいな、リタさん」

リタとレティシアはまだミルフェ子爵家にいた。

半ば、軟禁状態だった。

屋敷の中での移動は許されているが、外出は禁止されている。

廊下には衛兵がいる。庭にも、数名の兵士が巡回している。

さらには別室には『風の勇者』『地の勇者』も滞在しているようだ。

あれからレティシアは、父に何度も話をした。

自分は『魔王討伐パーティ』に入るつもりはないと。家を出ると。

けれど、返ってきた答えは――

「なにを言うか！　すでに担当部署では予算が組まれ、プロジェクトが始まっているのだ」

「お前はこの仕事の重要性がわかっていない！」

「自主的に仕事をしたくなるまで外出は自粛しろ！」


――だった。

父が強気なのは、ふたりの勇者が屋敷にいるからだと、レティシアは思う。

彼らの力をバックに、レティシアを従わせるつもりなのだろう。

「ねぇ、リタさん」

「うん。レティシア」

「あの勇者たちが屋敷にいますのよ。不安は感じませんの？」

「うん。だって、普通に逃げられるもの」

「ですわよね。わたくしもそう思いますわ」

不思議だった。超絶の力を持つはずの勇者たちが、とてもちっぽけなものに見えてしまう。

きっと、ナギたちと一緒にいる影響だ。

ナギたちの『ちぃとすきる』を見ているうちに、レティシアの考え方も変わってしまった。

力をひけらかすだけの勇者が、つまらないものに見えるようになったのだ。

なんとなくそれが楽しくて、レティシアは笑ってしまう。

「それじゃ、レティシア」

「はい、リタさん」

「ナギたちが近くまで来たら脱出するということで、いいですの？」

「そうですわね。それまでは情報収集に努めましょう」

「……ナギの奴隷の身の上で、親友のレティシアさまと同室するのは申し訳ないんだけど」

「今更ですわ。リタさんだって、わたくしの大切なお友達ですのよ？」

「……レティシアさま」

「レティシア、でいいと言いましたわよ。リタさん」

「う、うん。レティシア」

「せっかくわたくしの部屋に来たのです。まずはくつろいでくださいな」

「うん……あのね、レティシア」

「クローゼットの方を見てどうしましたの……ああ、わかりましたわ」

レティシアはリタの肩に優しく手を乗せた。

この部屋にやってきて、レティシアとリタは部屋着に着替えた。

クローゼットを開けたときに、リタはその中を見たのだろう。

中に収められている、レティシアがめったに着ないドレスを。

「せっかくだからかわいい服を着てみたい。いえ、違いますわね。かわいい服を着たところを、ナギさんに見せたい、ですわね！」

「……ど、どうしてわかっちゃうの」

「わかりますわ。わたくしもたまに同じ――」

「たまに？」

「い、いえ、それはどうでもいいのですわ。姿見を用意いたしましょう。『意識共有《マインドリンケージ》・改』でナギさんに、かわいく着飾った姿を送って差し上げなさい」

「ありがとう、レティシア！」

「でも、今は『意識共有』の『けんがい』なのですよね？　画像は送れますの？」

「大丈夫。写真を撮って『送信』しておけば、ナギが近くに来たとき自動的に届くみたい」

「じゃあ、大丈夫ですわね」

レティシアは少し考えてから、うなずいた。

「では、わたくしもお付き合いしますわ。たまには、かわいい服を着るのも、いいですもの」

それからふたりはクローゼットを開けて、ドレスを取り出した。

服はたくさんある。社交用にと、レティシアの父が勝手に増やすからだ。

流行に興味はないけれど、友だちを着飾らせるのには十分使える。

久しぶりに父親に感謝しながら、レティシアはリタの肩に、さまざまなドレスを当てていく。

「リタさんの金色の髪が映えるのは……青系統のドレスでしょうか。身体《からだ》のラインがきれいに見えるようにしましょう。まずは着ているものを脱いでください。リタさん」

「レ、レティシア？　下着も替えなきゃなの？」

「当然です。リタさんを着せ替えする——いいえ、おしゃれにすると決めたのですから、妥協してはいけません」

「私は、動きやすくて洗いやすければそれでいいんだけど」

「いけません。ナギさんに見せる前提で考えなさいな」

「……そ、そのときはもちろん……特別なものを身につけるけど」

「……興味がありますわ。やっぱり、男の子というのは、女の子の下着に興味があるものですの？」

「う、うん。ナギはそれほどでもないけど」

「ならば……ええ、ナギさんが脱がすのを前提で、か、考えるべきでしょう」

「……レティシア」

「……なんですの」

「レギィちゃんみたいになってるわよ？」

「────っ⁉」

思わずレティシアは顔を押さえた。

女の子同士の「着せ替えガールズトーク」をしていたはずが、いつの間にかナギの話になり、そのままナギに下着を見せる話になってしまった。

メテカルの町に来たのは、レティシアが実家と縁を切るため。

現在はそれに失敗して、子爵家に軟禁状態。

なのに全然ピンチじゃなくて、リタとレティシアはガールズトークを楽しんでる。

リタもレティシアも、ナギたちが助けに来てくれることを知っている。

そもそもリタとレティシアの『チートスキル』を合わせれば、屋敷を脱出するのは難しくない。

なにがあっても、大丈夫。

そんな安心感がリタの胸に広がって、ここにはいないナギの存在を感じてしまう。

そのナギに見せるための着せ替えなら、気合いを入れないと。

かわいいドレスも下着も、どんとこーい──そんなふうに覚悟を決めて、リタはレティシアおすすめのドレスを手に取った。

「そ、それじゃドレスの着方を教えて、レティシア」

リタは姿見に映る自分とドレスを見ながら、宣言した。

「私が一番かわいくなるように。その姿をナギに見せられるように、協力して欲しいの」

「わ、わかりました！　このレティシア＝ミルフェにお任せなさい」

リタとレティシアはがっしりと握手。

それから、果てしない試行錯誤が始まった。

ドレス、下着、靴下、リボン、髪型。

ああでもないこうでもない。リタさんは元がいいからこんな感じで。いえいえレティシアには敵《かな》わない。そんなことないですわリタさんの方が。だったらレティシアも着替えてみて——と、リタとレティシアは、脱いで着て脱いで着ての繰り返し。

そのうちレティシアも盛り上がってきて、ベッドの上には脱いだ服が積み上がる。

やってきたメイドを「「着替え中‼」」と追い返し、衣装合わせを続けること数時間。

汗をかいたレティシアは下着姿になりながらも、ようやくリタのドレス衣装がまとまった。

「こ、これでどうですの⁉」

「…………すごい」

リタは姿見に映る自分の姿に、目を見開いた。

金色の髪は結い上げて、髪飾りをつけている。獣耳をひきたてる飾りをつけたリタは、まるで獣人のお姫様のようだ。首にはレティシアから借りたペンダント。深い青色のドレスは、肌の白いリタにぴったりだ。

スカートをふわりと揺らして一回転したリタは、どこから見ても完璧なお姫様だった。

「かんっぺきですわ」

びしり、と、レティシアはガッツポーズ。

姿見に映る下着姿の自分に、思わず苦笑いする。

がんばった。

レティシア自身もノリノリで、思わず「脱がしやすくてかわいい下着」をつけて、その上にドレスをまとってはいたけれど、リタを飾るのに夢中になってるうちに脱ぎ捨ててしまった。それだけ、やりがいのある仕事だった。

「このリタさんを見て、ナギさんがどう思うか考えると……わくわくしますわね」

レティシアはうなずいて、リタに向かって、告げる。

「さぁ、せっかく完成したのです。その魅力的な姿を『すくりーんしょっと』にして『そうしん』してくださいな。リタさん」

「でも……いいのかな」

「いいに決まってますわ。急ぎなさい。わたくしの結んだ帯は、いつほどけるかわかりませんのよ！」

「は、はいっ！」

リタは反射的に『意識共有・改』を起動した。

姿見の前で、くるりとドレスのスカートをひるがえし、笑って、ポーズを決める。

それを見ながらレティシアは満足そうにうなずく。

楽しかった。すごく、充実していた。

その証拠に、姿見に映る自分の顔は、笑っている。

下着姿で汗びっしょりだけど、いい笑顔だ。

自分が仕上げたかわいいリタさんを、ナギが見ていると思うとうれしくなる。

『意識共有・改』はリタが見た景色《けしき》そのものを、ナギに送ることができる。

その光景は、ナギが近くに来た瞬間に自動的に届くはず。

今のリタを見て、ナギがどんな顔になるか想像すると、レティシアの胸は高鳴っていく。

ドレス姿のリタは、完璧だった。

後ろ姿も、姿見に映った姿も、非の打ち所がない。

そう思ってレティシアがうなずくと、姿見に映った下着姿のレティシアもうなずいて──

「──って、わたくしも鏡に映ってますわーっ!?」

「うん。だから聞いたの、レティシアも映っちゃうけどいいのかな……って」

「……まだ送ってませんわよね？」

わなわなと震えながら、レティシアは問いかける。

「まだ、ナギさんには送ってませんわよね」

「……ごめんなさい、レティシア」

「送っちゃいましたの？」

レティシアの身体《からだ》が熱くなる。

下着姿をナギに見られた――いいえ、以前胸を触られたことはあるけれど、あれは非常時。

でも、今回は違う。下着姿ではしゃいでいるところを見られたかと思うと、心臓が止まりそうになる。嫌じゃない。嫌ではないのだけど……それに気づいてしまったら、もう戻れないような……。

「で、でもでも、ナギさんはまだ『けんがい』ですわよね？　取り消せますわよね⁉」

「……ごめん。レティシア」

「……取り消せませんのね？」

「わぁっ。レティシア、毛布を被《かぶ》ってふて寝しないで！」

「いいのですわ。親友に下着姿を見られるくらい、どうってことないですもの。ええ、まったく気になりません。気にならないといったらならないのですわ……」

そう言って、レティシアは毛布をはねのけ、起き上がる。

「リタさん。調査をしますわよ」

「レティシア？」

「落ち込んではいられません。勇者についての調査をします。そしてそれをどんどん『意識共有・改』でナギさんに送ってください。そうすればそっちに気をとられて、ナギさんはわたくしの下着姿のことなど、忘れてしまうはずです！」

「そうかなぁ？」

「そうなのです！」

「わかった。情報収集には賛成だもん」

リタとレティシアは再び握手。

すでにある程度の情報は手に入れている。だけど、もう少し。

ナギがびっくりするくらいの情報を手に入れよう。勇者と『白いギルド』──そして錬金術師《アルケミスト》の情報が、丸裸になってしまうくらいの。

「はじめますわよ。リタさん」

「うん。がんばろう。レティシア」

ふたりはいそいそと着替えを開始。

でも──せっかくだから、最後にふたりでドレス姿の『すくりーんしょっと』を撮って──

それからリタとレティシアは、勇者に関する調査を始めたのだった。

第8話「『結魂《スピリットリンク》』実験のために、歩きながら奴隷少女《ラフィリア》を調整してみた」

――ナギ視点――


「あるじどの、前方でキャラバンが襲われているであります！」

「なんか犬っぽい魔物がいるよー」

ここはメテカルに向かう馬車の中。

不意に、御者席でカトラスとシロが声をあげた。

馬車の窓から外を見ると――あれは。

「……『ケルベロス』？」

頭が3つある獣が、こっちに向かって来る。

その姿は、僕たちがこの前海辺で戦った使い魔『ケルベロス』だ。

その背後にいるのは――なんだあれ。

黒いマントをつけた人影がいる。いや、人間なのか、あれ。

形は人間だ。竜っぽい兜《かぶと》をつけて、鎧《よろい》をまとっている。

でも、その身体がゆらゆらと揺れてる。まるでスライムがむりやり、人の形を取ったみたいだ。

「前に戦ったケルベロスは『錬金術師《アルケミスト》』が作った人造生物だったっけ。あれもそうなのか？」

「そんなものがどうして、街道にいるのでありますか？」

「むむー。シロ、悪い企《たくら》みを感じるよー。なんとなくだけど」

「……んっ。はう」

馬車の隣の席で、声がした。

見ると、汗びっしょりのラフィリアが、スカートを押さえて震えてた。

「ラフィリアは休んでて。僕たちでなんとかするから」

「は、はいぃ」

ラフィリアはうなずいた。

よし。僕たちでなんとかしよう。通りすがりな感じで。

僕とカトラスは駆けだした。

『……われ、は』

声が聞こえる。

黒い鎧をまとった人物からだ。そいつは剣を振りながら、ケルベロスを指揮している。

何者なんだろう。

僕たちの知らないチートスキルを持った勇者か、人造生物か、進化したスライムか。

その正体はいったい――

『われは、魔王軍四天王ミサキ＝ダークネス＝トーノの部下、ゴルゴルドルガルである！』

『魔王軍』をでっち上げたやつの仲間だった。

ミサキ＝ダークネス＝トーノというと……そっか。ミサキさんの部下になる予定だったのか。

でも、魔王軍になるはずだった人たちはもういない。

なのに、なんでこんなところで暴れてるんだ？

「……カトラス」

「……はい、あるじどの」

「僕の考えだと『魔王軍襲来』のプロジェクトのまま、物事が動いてるように思えるんだけど」

「ボクも同感であります」『我もじゃ』

僕とカトラスは走りながら、レギィは僕の肩の上でうなずいた。

『ふはは、恐れよ。わが上司たる魔王軍の力は、こんなものではないぞ‼』

自称魔王軍四天王の部下は、剣を振り回しながら叫んでる。

鎧の隙間《すきま》から、赤い粘液がはみだしてる。あれは──

「レギィ、あの『黒い鎧』は、中身がスライムでできてるように見えるよな」

『見えるのじゃ』

「お前のスキルで拘束できる？」

『やってみるのじゃ』

僕は魔剣レギィを抜いた。

魔力を集中して、叫ぶ。

「発動！　『溶液生物支配《スライムブリンガー》』！」

『――――ぐ⁉』

自称、魔王軍ゴルゴルドルガルの動きが、止まった。

巨大な剣を振り上げたまま、硬直してる。

「かかった」

『支配とまではいかぬが、動きを止めることには成功したようじゃ』

「では、あとはケルベロスでありますね！」

黒い鎧が止まったことで、ケルベロスがこっちに気づいた。

カトラスが聖剣を構える。迎え撃つつもりだ。

けれど――


『送信者：ラフィリア（受信者：マスター）

本文：マスターの敵は許さないです！

「魔杖《まじょう》ヴァルヴォルグァ」＋「炎の矢《フレイムアロー》」‼』

ラフィリアからメッセージが届き、飛んで来た『炎の矢』がケルベロスたちを吹き飛ばした。

『ギィア⁉』『グボァ⁉』『ギィアアアアア‼』

ケルベロスたちは身体《からだ》に風穴を空けられ、吹っ飛んだ。

残るは、自称魔王軍四天王の部下だけだ。

「レギィ。こいつから情報を引き出してみて。なんのために動いているのか」

『承知じゃ！　スライム的な魔物よ。「溶液生物支配」の名のもとに、お主の目的を語るのじゃ！』

『……ぐ、ぐぬぬぬぬ』

自称魔王四天王の部下が震え出す。

奴《やつ》はもう『溶液生物支配』にかかってる。戦うことも逃げることもできない。

『もはや抵抗は無意味じゃ。さぁ、主《ぬし》さまの質問に答えよ！』

「お前がこんな目立つところで暴れているのはなぜだ？」

僕は聞いた。

「本当に魔王軍の配下なら、どうして敵に自軍の情報を与えるような真似《まね》をする？　こんなところで人を襲うことになんの意味がある？　魔王軍なんてものは存在しないのに――」

『ぐ、ぐぐぐぐぐがががががっ！』

自称魔王軍ゴルゴドルガルは震えてる。

僕たちを見ようとも、しゃべろうともしない。

『だめじゃな、主さま。こやつには知性はないようじゃ』

「でも、さっきまでしゃべってたよな？」

『あれは決められていた言葉を繰り返していただけじゃ』

「そういう役目を与えられた生物ってことか。ところで、レギィ」

『なんじゃ、主さま』

「こいつに『溶液生物支配』を使ったときの感触に覚えがあるんだけど、お前はどうだ？」

『奇遇じゃな。我も同じことを考えておった』

「答え合わせをしてみないか」

『承知じゃ。せーの』


「港町イルガファの屋敷に隠れ住んでいた、エルダースライム」

『ふわふわエルフ娘の使い魔の、エルダースライム』


僕とレギィの声がずれた。

でも、言ってることは同じだ。

初めて『港町イルガファ』の屋敷に来たとき、台所に巨大なスライムが居座ってた。あれはエルフが作った『エルダースライム』だったんだ。

そいつはラフィリアの体液をもらって、満足して立ち去っていった。

その分身が、ラフィリアの使い魔『えるだちゃん』だ。

目の前にいる『自称魔王軍』ゴルゴルドルガルは、『エルダースライム』に『溶液生物支配』を使ったときと、感触が似てるんだ。

「つまり、こいつは古代エルフが作ったスライムの可能性がある、ってことか」

『その劣化版じゃな。知能も低く、与えられた役目をこなすだけのものじゃ』

「……ラフィリアに見てもらった方がいいな」

「……お呼びですか、マスター?」

振り返ると、馬車を降りたラフィリアがすぐ近くまで来ていた。

いつもの服で、でも、顔は真《ま》っ赤《か》だ。足の付け根を押さえて、震えてる。

やっぱり、『繋《つな》がりっぱなし』の影響があるみたいだ。

「ラフィリア。敵にエルフの関係者がいた。確認して欲しいけど、動ける？」

「だいじょぶ……なのです」

ラフィリアは真っ赤な顔で、僕の手を取った。

「あたしはマスターの奴隷《どれい》なのです。お願いごとをされれば、すぐに対応。即時即断音速のラフィリア＝グレイスなのですよ」

ラフィリアはかっこいいポーズを取り、それから、僕と並んで歩き出す。

「……あるじどの、ラフィリアどの」

「どしたのカトラス」

「どうしておふたりとも歩く時、手と足を出すタイミングが一緒なのでありますか？」

「「え？」」

僕とラフィリアは同時に声をあげた。

すぅ、と、顔を見合わせた、同時に。

自分たちの歩き方を確認する。うん……手も足も、僕とラフィリアの動きが同じだね。

「これはもしかして、例のスキルの効果？」

「かもしれないです」

「僕とラフィリアが『真・高速再構築《クイックストラクチャー・トゥルー》』で」

「ス、スキル再構築の真っ最中ですからぁ」

「精神的にも、シンクロして」

「一緒に動いてるのかもしれないですぅ」

……いや、打ち合わせしてるわけじゃないのに、僕とラフィリアのセリフまでもが繋がってる。

カトラスは「仲良しであります！」って、びっくりしてる。レギィもだ。

やっぱり、『真・高速再構築』には、ふたりの魔力と精神を繋げる効果がある。

このまま繋がりっぱなしでいれば……予定通りにいけるかもしれない。


「これは……『エルダースライム』さんの親戚ですねぇ」

「わかる？」

「なんとなくですけど、わかるです……」

ラフィリアは不思議そうな顔で、自称魔王軍ゴルゴルドルガルを見上げてる。

ゴルゴルドルガルは動かない。レギィの『溶液生物支配』が効いてるからだ。

代わりに奴は、ラフィリアを見た。

兜の奥に、赤い光が灯《とも》った。

『――――管理者モードを起動。同族の反応あり』

甲高い声が響いた。

『――――こちら「古代《エルダー》エルフレプリカ」ミヒャエラ＝グレイス。使命を実行中。同族はこの声に応じ、すみやかに「商業都市メテカル」に来るように。繰り返す――』

「……マスター」

「どうした、ラフィリア」

「この子、やっつけてもいいですか？」

ラフィリアは杖《つえ》を手に取った。

「これを作ったものの正体は、あたしと同じ『古代エルフレプリカ』です。名前はミヒャエラ＝グレイス……それがたぶん、白いギルドの協力者の『錬金術師』ですぅ」

「……やっぱりか」

もしかしたら、すべての『古代エルフレプリカ』は『白いギルド』や王家の支援をするように設定されてて……ラフィリアだけが、その使命から逃れられたのかもしれない。

「でも、あたしはそんな使命に関わるつもりはないです！　だから、この悪い『エルダースライム』さんは、あたしが倒すのです‼」

「わかった。やっちゃえ、ラフィリア！」

「吠《ほ》えるです、魔杖ヴァルヴォルグァ‼　『火球《ファイアボール》』‼」


ボシュッ！


ラフィリアの放った『火球』が、自称魔王軍ゴルゴルドルガルの体内に飛び込んだ。

「炸裂《さくれつ》、ですぅ‼」

『グァアアアアアアアアア‼』

ボンッ‼


自称魔王軍ゴルゴルドルガルの体内で爆発して、火炎をまき散らした。

敵は内部から焼き尽くされ、燃え尽きていく。

『――――こ、これで勝ったと思うな。魔王軍四天王は我などよりもっとつよ、つよ、つよつよつよつよつよ……』

「もういいから、消えろ」

「滅びるといいのであります」

僕の魔剣レギィと、カトラスの『聖剣ドラゴンスゴイナー』が、スライムの残骸を斬り払った。

魔物は千切れ――空気に溶けるようにして、消えた。

「結局、あれはプログラムされた通りの行動をする魔物だった、ってことか」

捨て台詞《すてぜりふ》までそれっぽかった。

最後まで魔王軍四天王を宣伝していった。魔王軍なんてもう、いないのに。

「……ありがとでした、マスター」

ラフィリアが、くたん、と、僕の背中に寄りかかる。

「マスターが繋がっていてくださったから、あたし……落ち着いて対処できたです。『古代エルフレプリカ』が悪いことしてるってわかってても……平気でいられたです。あたし、あたしぃ……」

「今はいいから。馬車に戻って休もう」

「……は、はいぃ」

ラフィリアは肩を震わせながら、つぶやいた。

やっぱり、同族の名前を聞いたのがショックみたいだ。

敵の錬金術師の名前は『ミヒャエラ＝グレイス』。

ラフィリアと同じ『古代エルフレプリカ』だ。


「……それはさておき、ですね」

再び僕たちは馬車の中。

カトラスとシロは御者席にいる。馬車はゆっくりと、メテカルに向かって進んでる。

ラフィリアは僕の隣に座って、ことん、と体重を預けてきてる。

身体《からだ》の熱が、伝わって来る。

具合が悪いわけじゃない。僕とずっと『真・高速再構築』で繋がってるからだ。

「……『真・高速再構築』してくださった……スキルを……いじってくださいですぅ。マスター」

「う、うん。わかった」

僕はウィンドウを呼び出して、ラフィリアのスキルを確認した。

『武術無効ＬＶ１』
『武器』と『話』の
『内容』を
『無視する』スキル

ラフィリアが接触した武器によるダメージを無効化する（１日３回まで）。

ラフィリアが技名や名乗りを聞いた武器によるスキル攻撃を無効化する（１日１回まで）。


これは以前、ラフィリアが手に入れた『聞き流し』スキルを再構築したものだ。

それに、温泉地で手に入れた『盗技《スティール》ＬＶ１』を追加してある。


『盗技ＬＶ１』

『手技』で『武器』を『奪う』スキル

『聞き流し』に『武器』という概念を加えることで、武器によるダメージを無効化できるスキルにならないかな、と思ったら、できた。

ただし、効果が大きい分だけ、制限がついてる。

それと『真・高速再構築』を使ったから、微妙に概念がずれてるみたいだ。

「調整するよ。いいかな、ラフィリア」

「は、はい。してくださいです……んっ。んんんんっ！」

ラフィリアの身体が、びくん、と跳ねた。

この『真・高速再構築』は、離れた状態でも、奴隷《どれい》のスキルを調整することができる。

実はさっき、魔王軍ゴルゴルドルガルと話してる間も、僕はラフィリアのスキルを調整してた。

通常の『高速再構築《クイックストラクチャー》』よりは刺激が弱いみたいだけど、安定化するまでの時間がすごく長い。もう、2時間くらいこの状態だ。

でも、ラフィリアは——

「だ、だいじょぶ、なのです……むしろ、しあわせ……ですぅ」

ぽーっとした目で、スカートを押さえてる。

「マスターが、ずっと、ずーっと、あたしのなかに……いてくれるです。奴隷として……これほど幸せなこと……ないですぅ」

「ほんとに大丈夫？」

「はいぃ。このままスキルが『安定化』しないでいてくれた方が……いいくらいですよぅ」

「それは僕も困るんだけど……」

ラフィリアはずっと、僕の手を握ってる。

『真・高速再構築』は、一定間隔で、僕の魔力を伝えてる。

そのたびに、ぎゅ、ぎゅぎゅ、と、細い指が僕の手を握ってる。

細い身体は汗びっしょりで、服の袖が白い肌に張り付いてる。

身体が時々、びくん、と跳ねる。そのたびにラフィリアは「はふぅ」と熱い息を吐いてる。

戦闘をしたばかりだし、どこかで一休みした方がいいな。

「カトラス、このあたりに休めそうなところはない？」

「地図によると、で、ありますね……」

「シロ、見てくるよー。カトラスさん。そこの木の近くで馬車を停《と》めて欲しいかと！」

「承知であります！」

カトラスが馬車を停めると、シロが御者席から飛び出した。

場所は街道沿いの林。まわりには木が生い茂ってる。

シロは一番高い樹《き》の下に行くと、スキルを発動した。

「いくよー。『ふらい』!!」

ふわり、と、シロの身体が浮き上がる。

小さな身体は木の枝に隠れながら、天辺《てっぺん》へ。

シロはぐるぐると回転しながらまわりを見渡してから、降りてきた。

「あのね。あっちの方に湖があったよ。誰《だれ》もいないから、休むのにいいよー」

「ありがと、シロ」

「ありがとですぅ。シロさま」

「でも、そっちの方は岩場でありますよ？」

カトラスが街道の向こうを指さした。

たしかに、そっちは岩場になって、上り坂が続いてる。

さらにその先には木が生えてて、その向こうに湖があるらしい。

「まぁ、なんとかなるかな。カトラス、『ドラゴンスゴイナー』はあるよね？」

「……なるほど！　わかったであります」

カトラスが背負っていた『聖剣ドラゴンスゴイナー』を抜いた。

ぴこん、という感じで、シロの目が輝いた。

「おとーさん。シロ、竜体になる？　なった方がいい？」

「そのままでいいよ。『ふらい』で、馬車を浮かせられる？」

「余裕かと‼　発動『強化型ふらい』‼」

シロが宣言した瞬間、馬と馬車が浮かび上がった。

「「「おおー」」」

「えへへ。すごい？　シロすごい？」

「うん。すごいよ。シロ」

『聖剣ドラゴンスゴイナー』には、竜に関わるものを強化する力がある。

その能力は、生まれたばかりのシロを竜の姿にすることができるくらいだ。

スキル『ふらい』を強化して、馬と馬車を浮かせるくらい余裕らしい。

そのまま僕たちは（人目がないのを確認してから）馬車ごと岩場を飛び越えて、湖へ。

そこでラフィリアとカトラス、シロには、一休みしてもらうことにした。

「あ、あたし、汗びっしょりなので、ちょっと水浴びしてくるです」

「わかった。カトラスは、シロとラフィリアを見てあげて」

「承知であります」

「シロも水浴びするー。おとーさんは？」

「僕は馬の様子を見てるよ」

「……え？」

「……なんでラフィリアは不思議そうな顔してるの？」

「だ、だって、マスターはあたしと一緒にいる必要があるですよね？」

「『真・高速再構築』だと、離れてても繋がってるから大丈夫だよ」

「……そうですか、残念ですぅ」

「……そういうのはあとで」

「は、はい、あとでですぅ」

そう言ってラフィリアは、カトラス、シロと一緒に湖の方へ歩いて行った。

「ラフィリアのスキルはどうなったかな」

僕は『能力再構築《スキル・ストラクチャー》』のウィンドウを呼び出した。

『真・高速再構築』してからかなり時間が経《た》ってるけど……。


『武術無効LV1』

『武器』と『話』の『内容』を『無視する』スキル

「よし。落ち着いてる」

念のため、もうちょっと魔力を流すと……うん。

ウィンドウの下に『再調整』の文字が出た。

これを押せば、ラフィリアも落ち着くはずだ。

「スキルを再調整する。実行『真・高速再構築』」

僕は『再調整』のボタンを押した。


「────────────っ‼」


……ん？

湖の方で、なにか声が聞こえたような。

「ま、ますたああああああっ！」

「……どしたのラフィリア」

「ど、どうしていま、『再調整』をされたのですかぁ」

ラフィリア、涙目になってる。

身体《からだ》に布を巻き付けただけの姿だ。髪からも、身体からも水滴が落ちてる。

白い肌は上気して、ふるふると震えてる。

えっと……。

「いや、さすがにずっと『真・高速再構築』状態だとつらいかと思って……」

僕は言った。

ラフィリアはほっぺたを押さえて、

「……お、お気持ちはうれしいですぅ。でもでも、さすがに、カトラスさまとシロさまと一緒に水浴びしてるときに……されるのは……あのような姿を見られるのは……はずかしいですぅ」

「なにがあったの？」

「言えないですぅ」

ラフィリアは目を逸《そ》らして震えてる。

「いやー。おとなのひとってすごいなー」

「シ、シロどの。そこには触れてはいけないであります！」

「ラフィリアさん、すっごく気持ちよさそうだったかと。シロも早くおとなになりたいかと！」

「シロどのぉ」

カトラスとシロが戻って来る。ふたりとも、真《ま》っ赤《か》な顔だ。

「ほんとになにがあったの……」

「…………触れないでください。ますたあ」

「はい」

そういうことになった。
それから、僕たちはシロの『強化型ふらい』で街道へ。
商業都市メテカルへの道を急ぐことにしたのだった。

第9話「『イルガファおるすばん組』、暗躍する」

――そのころ、港町イルガファでは――


「……困りました。どうして今、このようなことが」

「どうしたのイリスちゃん」

ここは、港町イルガファの屋敷。

自室で考え込むイリスに、アイネがお茶を持って来たところだった。

「相談があるなら聞くの。なぁくんのこと？」

「あ、はい。お兄ちゃんのことは常に考えております」

「たとえば？」

「実はこの前、お兄ちゃんのお部屋に夜這《よば》いをかけたのですが……服の胸元に入れていた詰め物がずれてしまいまして……」

「ふむふむ」

「あのとき、イリスは『安心刀《あんしんとう》　心安丸《こころやすまる》』を使いすぎて暴走していたのですが、今思うと恥ずかしくて。お兄ちゃんに幻滅されたのではないかと……」

「その後、なぁくんはどうしたの？」

「優しく、『魂約《エンゲージ》』してくださいました」

「だったら悩むことなんかないの」

「そうでしょうか」

「そうなの。なぁくんはありのままのイリスちゃんを受け入れてくれるの。そういう失敗をしたイリスちゃんも、ありのまま、なの」

「ありがとうございます。アイネさま」

イリスはアイネの手を取った。

「心のつかえが取れました。ありがとうございます……お姉ちゃん」

「悩み事がなくなったのなら、よかったの」

「いえいえ、悩んでいたのは別のことなのです」

「そうなの？」

「はい。実は父から相談を受けまして」

「領主さんから」

「町に奇妙な噂《うわさ》が流れているようなのです。それで船乗りたちが怯《おび》えて、船を出すことができず……流通が遅れてしまっているとのことで」

「噂って、どんな噂なの？」

「それが……」

イリスはアイネに顔を近づけて、声をひそめて、

「この港町イルガファを、魔王軍が狙《ねら》っている、という噂なのです」

「魔王軍……」

「はい。王都近くの町を魔王軍が襲うという予言があるそうでして、みんな怯えているのです」

「『海竜ケルカトル』さんはなんて言ってるの?」

「『竜種超越共感《ドラゴニック・エクス・シンパシー》』で接触したところ、海の方はまったく平穏とのことです」

「可能性があるとすると……陸の方からなの」

「そうですね。そのため、陸の方は兵士たちが厳重に警備をしているのですが……」

顔を見合わせるイリスとアイネ。

「アイネたちには、セシルちゃんをゆっくり休ませる義務があるの」

「はい。イリスたちは、お兄ちゃんに後を任されております」

「ここはセシルちゃんには内緒で動くべきなの」

「そうですね。では、夜に」

「昼間のうちに情報を集めておいて欲しいの。夜に、アイネが動くから」

「承知いたしました」

ぱん、ぱぱん。

方針が決まったイリスとアイネはハイタッチ。

それから、ふと、気づいたように、

「そういえば、セシルさまのご様子はいかがですか?」

「ちゃんと休んでるの。なぁくんが戻るまで、おとなしくしている、って約束だから」

「リタさまを送り出すときも、落ち着いていらっしゃいましたものね」

「やっぱり子どもができると大人になるの……びっくりなの」

「ちょっとお顔を拝見しても？」

「眠ってるかもしれないから、そっとね」

アイネはイリスを手招きした。

ふたりは足音を忍ばせながら、二階へ。

セシルの部屋のドアをノックする――けれど、反応なし。

「……セシルちゃん。イリスちゃんが来たの。開けるの」

「お邪魔いたします。セシルさま」

アイネがそーっと、部屋のドアを開けると――


「……あれ？」

「……セシルさま、どちらに？」


部屋には、誰《だれ》もいなかった。

テーブルの上にはカップがある。さっき、アイネが持って行ったホットミルクだ。中身は残っていない。つけあわせのナッツも、ちゃんと食べたようだ。

ベッドには本が置いてある。

退屈しないようにイリスが手配したものだ。

そんな本たちも、間にしおりが挟まったまま。

毛布はきれいに畳まれて、ベッドの隅に移動している。

「……ふむふむ。まだ、あったかいの」

アイネはシーツに触れて、つぶやいた。

「どうしましょう。セシルさまが行方《ゆくえ》不明に……」

「大丈夫なの。どこに行ったかはわかってるの」

「え？」

「セシルちゃんは、なぁくんの命令を破らない。おとなしくしていると言ったらおとなしくしているはずなの。つまり、家からは出ていない。ということは」

「ということは」

アイネとイリスは部屋を飛び出した。

再び足音を忍ばせて、廊下の先へ。

一番奥の部屋のドアに耳を当てて、うなずいて、それからそっと、ドアを開ける。


「……ナギさま。早く帰ってきてください」

ナギの枕に顔を押しつけたセシルがいた。

「早く帰ってきてくださらないと……これが……くせになってしまいます」

一番奥はナギの部屋。セシルがいるのはベッドの上。

もちろん、ナギがいつ帰ってきてもいいように、アイネがベッドメイクしてある。ご主人様がいなくても、お部屋の状態を保つのが奴隷《どれい》のつとめだ。

なのに今、ベッドにいるのはセシル。

枕に顔を押しつけていて、アイネとイリスが入ってきたことには気づいていない。

しかもセリフからすると、今日が初めてじゃなさそうだ。

だとすると、セシルはナギの枕に顔を押しつけて、ベッドに転がって、その後、アイネにさえ気づかれないように、ベッドを元の状態に戻しておいたということになる。

「……さすがお兄ちゃんの最初の奴隷でしょう」

「……セシルちゃん、すごい」

「…………？」

セシルが枕から顔を上げた。

入り口の方を見た。

アイネ、イリスと、目が合った。

「わ、わわわわわわっ‼」

セシルの顔が真《ま》っ赤《か》になった。

「ち、違うんです。違うんです。これは、これはああああっ‼」

「わぁ、暴れないでセシルちゃん！」

「ベッドの上で、ごろごろ転がらないでくださいませ、危ないでしょう‼」

アイネとイリスは、じたばた、ごろごろし始めたセシルを慌てて止めた。

しばらくパニック状態だったセシルが落ち着いたのは、数分後。

3人は（ナギの）ベッドに腰掛けて、話をはじめた。

「『ご主人様欠乏症』にかかってたのは、リタさんのはずなの」

「セシルさまは落ち着いてらしたではありませんか」

「ごめんなさい、嘘《うそ》をつきました……」

セシルは真っ赤になった顔を押さえて、

「わたし、ナギさまの子どものお母さんになるんですから、しっかりしなきゃ、って思ったんです。『さすがナギさまの子どもの、最初の母親だ』って思われるように。だから……リタさんが『ご主人様欠乏症』にかかったとき、見栄を張ってしまいました」

「……セシルちゃん」

「……セシルさま」

「でもでも、もう大丈夫です。わたし、落ち着きました」

セシルは、むん、と拳《こぶし》を握りしめた。膝にナギの枕を載せたまま。

「落ち着きました。本当です。わたし、ナギさまが戻られるまでしっかりお留守番します。『ご主人様欠乏症』に負けずに、ちゃんと使命を果たします。だから、安心してください」

迷いのかけらもなく、セシルは宣言した。ナギの枕を抱きしめながら。

「……これは重症なの」

「……放っておくと、悪化するかもしれないでしょう」

アイネとイリスはささやき合う。

ナギが戻るまでに、セシルがちゃんと落ち着けるようにする方法を考えないといけない。

「イリスちゃんは、なぁくんに次ぐ知恵者なの。なにか名案はない？」

「セシルさまは、お兄ちゃん成分を必要としているのですね……？　あるいは、お兄ちゃんの役に立つことを求めていらっしゃいます……」

『ナギさま成分』を満たすには、ナギの枕やシーツを渡せばいい。

けれど、セシルはそれを恥ずかしいことだと思っている。イリス的には、別にそれほど恥ずかしいとは思わない。イリスだって、たまにナギの椅子に座って考え事を……と、それは別として、今は別の方法だ。

『ナギさま成分』を補給する以外にセシルを落ち着かせるには、『ご主人様の役に立っている』という実感を与えればいい。

そうすれば、セシルの『ご主人様欠乏症』も落ち着くはずだ。

「セシルさま。聞いてくださいませ」

「は、はい。イリスさん」

「今、この『港町イルガファ』に、よくない噂《うわさ》が流れております。この町に『魔王軍』がやってくるという噂です。そのために、町の流通がとどこおりはじめております」

「町の流通が、ですか？」

「はい。それが続いて、食べ物が入らなくなったら——」

「なぁくんがおいしいものを食べられなくなるの」

イリスのセリフを、アイネが引き継いだ。

「なぁくんは魚介類が好きなの。元いた世界には『おさしみ』という高級料理があるそうで、アイネも今、作り方を研究中なの。でも、このまま流通が止まって、漁師さんも海に出なくなったら、なぁくんに『おさしみ』を食べさせることが――」

「わかりました！　わたしも協力します！」

セシルは勢いよく立ち上が――ろうとして、アイネとイリスに止められた。

代わりに拳だけ空高く突き上げて、宣言する。

「ナギさまに『おさしみ』を食べていただくため、わたしもこの町を守ります！」

「アイネは実働部隊なの」

「イリスは情報収集をいたします」

「「セシル（ちゃん）（さま）は、いざという時のために待機をお願い（なの）（いたします）」」

「わかりました‼」

こうして――

アイネとイリスは『港町イルガファ』の悪い噂の調査をすることになり――

セシルは「いざという時のために待機（やることは変わってない）」を任されたことで、なんとなく落ち着いたのだった。

第10話「リタとレティシアに会うのに邪魔だったので、疑似餌で魔物を一掃してみた」

――リタ、レティシア視点――

数日後。

「そろそろ脱出しましょう。リタさん」

「そうね。得るべき情報は得たものね」

レティシアとリタは『ミルフェ子爵家』を出ることにした。

この数日間、リタとレティシアは、子爵家の様子に耳を澄ませていた。

ミルフェ子爵は毎日のように訪ねてくる。

ただし、彼は『魔王軍討伐パーティ』の内情については知らなかった。

彼が望んでいるのは、娘を勇者パーティの一員にして、家の名をあげることだけだ。

『白いギルド』のことも、その背後にいる『錬金術師《アルケミスト》』のことも知らない。

「これ以上の情報は、勇者に接触しないと無理ね」

「ですわね。ナギさんも近くに来ているようですし、ちょうどいいでしょう」

リタとレティシアは結論づけた。

レティシアの方は、すでに身辺整理を終えている。

置いていっていいものと、持ち出したいものを分けて、荷物にまとめていた。

もっとも、必要なものはほとんどない。母親の形見を含めて、片手で持てる程度だった。

自分が子爵家にまったく執着していないことを再確認して、レティシアは苦笑いする。

「夜になったら動きましょう」

レティシアはうなずいた。

「ナギさんとの合流地点に向かいますわ。これ以上の情報を得るには、勇者と直接話をしなければなりません。それは危険が大きすぎますものね」

ナギはもう、メテカルの近くまで来ている。

さっきリタの『意識共有・改《マインドリンケージ》』が繋がったからわかる。ついでにリタとレティシアのお着替え画像も届いて、ちょっと照れたような返信が来たけれど、それはそれ。後でナギと会ってからゆっくり話をしようとレティシアは思う。

とにかく、今はナギと合流するのが最優先だ。

「夜までおとなしくしていましょう。父や勇者たちを、警戒させないように」

「……あ、でも、勇者のスキルについては、もっと調べた方がいいかも」

「彼らに近づくのは危険です。あなたになにかあったら、ナギさんが悲しみますわ」

レティシアは言い聞かせるように、リタの額を、つん、と、突っついた。

「リタさんに来ていただいたのは、わたくしの都合です。そのために、親友《ナギさん》の大事な奴隷《どれい》──いえ、お嫁さんが怪我《けが》でもしたら……わたくし、ナギさんに嫌われてしまいますわ」

「レティシア……」

「わたくしのためにも、ここは素直に脱出してください。ね？」

そう言ってレティシアは手を差し出した。

リタはその手を力強く握り返す。

「わかったわ。レティシア」

「わかってくださいましたか」

「レティシアは、ナギに嫌われたくないってことね。それはつまり……」

「親友として、あくまで、親友としてですけどね！」

「でもレティシア、ナギにスキルをいじってもらったことあるのよね？」

「あれは緊急時ですわ！　わたくしのスキルが怪しいスキルの影響を受けて、それを解除するために仕方なく、です‼」

「そうだったっけ？」

「そうですわ！」

「……そのときの感想は」

「……な、なにか身体《からだ》の深いところが甘く――って、なにを言わせるんですの。リタさん！」

小声で叫ぶレティシア。

息を切らして、でも笑い合って、ふたりは脱出の準備を始める。

時間は、今日の夜。それまでにはナギたちもメテカルに到着するはずだ。

そしたら合流して、本格的に『公式勇者部隊』をどうするか決める。それだけだ。

そう思っていると――突然、ノックの音がした。

「レティシア、お客人。少しよろしいかな」

レティシアの父、ミルフェ子爵の声だった。

「……なんですの。お父さま」

「勇者のおふたりが、君たちに会いたいとおっしゃっているのだよ」

ドアの向こうから、緊張した声が返ってくる。

「模擬戦をしたい、と。真の勇者とはどのようなものなのか、力を見せた上で、レティシアを仲間にしたいと、そう言っている。準備はすでにできているのだ。来なさい。レティシア」

ミルフェ子爵は、そんなことを告げたのだった。


――ナギ視点――


「……なんだこれ」

「……魔物が、いっぱいであります」

「……王都の近くなのに、どうしてこんなことになってるのでありますか……？」

魔物が、あふれていた。

メテカルの城壁が遠くに見える。ここからだと、２時間もかからない。

なのに街道は封鎖されてる。兵士たちが集まって、バリケードを作ってる。

荷物を抱えたキャラバンも、旅人も、その前で呆然《ぼうぜん》としてる。

「なにがあったんですか、これ」

街道を塞《ふさ》ぐ兵士に向かって、聞いてみた。

兵士たちは僕から視線を逸《そ》らしながら、

「突然、魔物の群れが大発生したのだ。討伐されるまで、この街道は封鎖とさせてもらう」

「でも、町の近くですよね。『冒険者ギルド』は動かないんですか？」

「……いや、その」

兵士さんは口ごもる。

……やっぱり、なにか裏がありそうだな。

「我がキャラバンの護衛は腕利きだ。魔物なら討伐してみせよう‼」

不意に、キャラバンの男性が叫んだ。

まわりには護衛の冒険者がいる。剣士と魔法使いだ。

本当に腕利きみたいで、すでに武器を準備してる。筋骨隆々とした人たちだ。

「依頼料はあとでメテカルの領主と交渉する。街道の平和が戻るのだ。どうだ、兵士さんたち、任せてくれないか？」

「……駄目だ」

兵士の隊長は言った。

「下手《へた》に刺激して、魔物が町を襲ったらどうする？　君たちは責任を取れるのか？」

「いや……このままでも、奴《やつ》らは町を襲うだろ⁉」

「そうとは限らない。放っておけば、奴らはいなくなるかもしれない。ここは様子を見るのがベストだ。それにメテカルには、『公式勇者部隊』がいらっしゃる」

隊長は剣を、ずん、と、地面に突き立てた。

「出陣式が終わるまで、魔物討伐は自粛するように。以上だ」

「自粛しろって……それは命令か⁉」

「君たちが自分の意思でおとなしくしてるようにと依頼しているだけだ。誰《だれ》も強要はしていない。ただ、自粛しなかったという情報は、メテカルの領主さまや『冒険者ギルド』に伝わるがな」

「…………ぐぬぬ」

「それに、あれも魔王軍の配下かもしれない。魔王軍が魔物を操っているという話もあるからな」

「魔王軍が？」

「ああ。街道に出た魔物は『魔王軍の部下』を名乗っているそうだ。森に隠れていて、キャラバンが通ると襲うそうなのだよ。『黒い鎧《よろい》』と、複数の頭を持つケルベロスらしいのだが」

「だ、だが、それでも、俺たちなら！」

「手出しするなと言っている。『魔王軍』と戦っていいのは勇者さまだけだ。これは決定である！」

兵士は叫んだ。

くってかかろうとする護衛たちを、キャラバンの主人が止めた。

商人にとっては兵士や貴族を敵に回すのは致命的だからね。

「……僕たちも急いでるんだけどな」

『意識共有・改』でリタから連絡が入ってる。

このあたりに来て突然、リタから大量のメッセージが届いたんだ。

ドレス姿のリタと、下着姿のレティシアの画像。それと、ふたりがメテカルにいる事情。子爵家に軟禁されていること。勇者のこと。

とりあえずドレス姿のリタと下着姿のレティシアの画像については、永久保存フォルダに入れた。

そしたらついさっき、新しいメッセージが届いたんだ。

ふたりが今、勇者から呼び出しを受けてる、って。

できるだけ引き延ばすようにお願いしてるけど、限界はある。

なんとか、ここを突破して『商業都市メテカル』に入る方法があればいいんだけど──

「──あるな。いい方法」

あの黒い鎧は『魔王軍四天王』に仕えるように命じられてた。

それはたぶん、ミサキさんたちには、彼らが魔王軍だとわかるものが仕掛けられていたからだ。

「レティシア。ミサキさんからもらった鎧を出して」

「はいです！」

レティシアが馬車の隅っこに隠しておいた、黒くて角の生えた鎧を出してくれる。

仕掛けはこの鎧の中にある。壊すのはいつでもできるから、取っておいたんだ。

ここで『再構築』して使おう。

「発動！　『能力再構築《スキル・ストラクチャー》』‼」

僕は『魔王軍の鎧』の概念を呼び出した。

『魔王軍の鎧』
『特定の魔物』を『近く』に『引き寄せる』鎧（装備時限定）

スキルの効果は、装備すると特定の魔物を近くに引き寄せる力だ。
ミサキさんが魔物に追われていたのは、この鎧が原因だったんだ。しかも彼女は、これしか服を与えられていなかった。だから脱げなかったんだね……。

「カトラス。領主さんにスキルをもらってたよね。長旅の対策のために」
「『乗り物酔い対策』でありますか？」
「それだ。荷物の中にあるはずだけど、出してくれる？」
「了解であります」

カトラスは革袋から、『乗り物酔い対策』のスキルクリスタルを差し出した。

『乗り物酔い対策ＬＶ３』
『乗り物』の『振動』に『耐える』スキル

ありがとう、イリスのお父さん。ありがたく使わせてもらいます。

「『魔王軍の鎧』を書き換える。実行『能力再構築』！」

そして、できあがったマジックアイテムは──


『激震・魔王軍の鎧』

『特定の魔物』を『振動』の『近く』に『引き寄せる』鎧（装備時限定）

──よくわからない能力になったね。

「まぁいいや。試してみよう」

あとは、どうやって兵士さんたちを突破するかだけど──


「──だから！　俺たちなら魔物を倒せると‼」

「──とにかく、上からの命令なんだ‼」

「──このままの状況では、商売にさしさわりが──‼」


兵士さんたちとキャラバンの護衛たちが口論になってる。

柵《さく》がない草原の方が手薄になってるな……よし。

「普通に迂回しよう」

「ですねー」

「そうであります」

「いくかとー」

僕たちは馬車を走らせた。

街道から、バリケードのない草原の方へ。

「な、なにをしている⁉」

「おい、そりゃ無茶だ！　そっちは柔らかい地面だ。馬車が走れるわけないだろ‼」

「「「さー？」」」

僕は手綱《たづな》を握りながら、こっそりシロとカトラスに合図する。

カトラスは『聖剣ドラゴンスゴイナー』を抜き、シロは聖剣のスキル『竜活性化』でパワーアップした『ふらい』を発動。

馬車はまるで滑るように、草原を走りはじめる（実際は地面から数センチ浮いてる）。

「「ええええええっ⁉」」

「「「さすが！（あるじどの）（マスター）（おとーさん）の運転技術‼」」」

僕たちの馬車はそのまま草原を突っ切り、バリケードの先で街道に戻る。

シロの『ふらい』を解除して、再び走りはじめた。

「なるほど！　ここの草原は馬車でも走れるってことか‼」

「行きましょう商人さん‼」

「おお――っ‼　って、あー。車輪がはまったーっ⁉」

「お、お前たちなにを――って。あー、馬がはまった――っ‼」
キャラバンと兵士さんの声を、後ろで聞きながら。

――メテカル周辺の街道にて――

『――我らの目的は、人と亜人に「魔王軍」の力を知らしめることである‼』
『『『グゥオオオオオオオ‼』』』
『我らはそのために作られた、特別な魔物であるのだ‼』
『黒い鎧』をまとった魔物は叫んだ。
彼のまわりには、様々な姿の魔物が集まっている。
複数の頭部を持つ『ケルベロス』。
巨体の『ホブゴブリン』――ただし腕が4本。
小型の『ヒュドラ』――体長は人間の大人の2倍。
角の生えた、実験体の『ホーンドゴブリン』。

それらが森に集まり、街道をうかがっていた。
リーダーである『黒い鎧』の頭の中には、命令がこだましている。
まもなく『魔王軍四天王』がここを通る。
その者に合流し、町を襲え。人間を殺せ。食い殺せ。
『――――グォ？』
『黒い鎧』が命令をかみしめていると、街道を進む馬車が見えた。
『ガガガハァ』
『ケルベロス』が舌なめずりする。
ちょうどいい。襲いたい。
『魔王軍』に合流する前に人を血祭りにあげよう。
『ゴブブブブ――――ッ‼』
『グゥオオオオオ‼』
考える暇もなく、魔物たちは走り出す。
街道を進む馬車に向かって殺到する――と、そこに、角の生えた鎧が見えた。
着ているのは御者台に座っている、ピンク色の髪のエルフだ。
「発動なのです！　『竜種旋風《りゅうしゅせんぷう》――っ』‼」
エルフは謎のポーズを取り、魔法を発動させた。
ぶぉん。
街道沿いの草原に、竜巻が発生した。

『――愚かな』

あんなものは避けて通ればいいだけだ。何の意味もない。

ただ、草木をぷるぷると振動させるだけでしかない。振動させる――だけ。

『グォ?』

『ググ?』

『ゴブ?』

――おかしい。

なぜか、震える草木から目が離せない。

『ホブゴブリン』、『ホーンドゴブリン』、『ケルベロス』、『ヒュドラ』――全員が走り出す。

目の前で揺れる草木に向かって駆けていく。

『ががっ。なにをしている――っ⁉』

止めなければ――そう考えた『黒い鎧』も、振動する草に突っ込んでいく。

ただ、ふるふると震えるだけの草が、どうしてあんなに魅力的なのか。

わからないまま、魔物たちは一気に振動の中心――つまり――

巨大な竜巻めがけて、つっこんだ。

『グォオオオオオオオオ⁉』

『ゴブブブブブ――――ッ‼』

『ギィアアアアアアアアア‼』

「――『魔王軍』配下として作られた者よ。せめて安らかに眠るです」

エルフが、小さな声でつぶやいた。

「マスター。お願いするです！」

「了解！　発動『遅延闘技《ディレイアーツ》』、空振り20回‼」

そして、巨大な黒い剣が、魔物たちを両断した。


『オ、オノレ……』


魔物たちは崩れ落ちながら、必死に声をあげる。

『コレデ勝ッタト思ウナ……北ノ砦《とりで》ニハ、最強ノ魔王軍幹部ガイルノダ……ワレラガ倒レテモ、アノ方々ガイルカギリ……人間ニ未来ハナイ……』

「もういないよ。魔王軍は解放した」

少年が言った。

けれど魔物たちは、定められた言葉を語り続ける。

『ソノ名モ、ミサキ＝ダークネス＝トーノ……ニイムラ＝ブラッディ……コータ……』

「もういいから、消えろ」

「消えてくださいです。『火球《ファイアボール》』！」

エルフの少女の魔法が、魔物たちの残骸を焼き尽くした。

そうして草原はやっと、静かになったのだった。

——ナギ視点——


「……やっぱりこいつらは『魔王軍』になるはずの魔物だったのか」

「そうだと思うです」

『激震・魔王軍の鎧』を脱ぎながら、ラフィリアは言った。

脱いだ瞬間、身体《からだ》のまわりに服が現れる。『衣《い》のペンダント』の効果だ。

ちなみにその下は全裸だ。馬車の中だからいいけど。

「『魔王軍』になるために、この魔物たちは作られていたですね」

「あのミサキどのたちの行く先々についてまわるようになってたでありますね……」

僕たちはため息をついた。

でっちあげられた『魔王軍』、それに従うようにプログラムされた、人造の魔物たち。

やってることが最悪すぎる。

「メテカルに『魔王軍』が来るって予言があったからね」

僕は言った。

「それに合わせて配置されてたんだろうな。公式勇者がこいつらを倒して、北の砦の情報を得る。そうして、ミサキさんたち魔王軍に勇者が攻め入る予定だったのかもしれない」

「魔王軍のみなさんが逃げても、魔法の鎧の効果で付きまとうのでありますね……」

「迷惑ですねぇ」

「やなお話だねー」

カトラスもラフィリアもシロも、うんざりした顔をしてる。

今回の事件はほんとに、やり口が最悪だ。

「メテカルに急ごう。リタとレティシアを救出して、それから、錬金術師と話をつけよう」

「了解なのです。マスター」

「行くであります！」

「おー！」

そうして、僕たちは馬車に乗り、一路メテカルに向かったのだった。

第11話「礼儀正しい脱出と、真なる勇者の挑戦」

――リタ、レティシア視点　２時間前――


「間もなく、魔王軍がこのメテカルにやってきます」

『風の勇者』は言った。

名前はマキ＝キシエダ。黒髪を首の後ろで結んだ、小柄な少女だ。

隣には『地の勇者』セイギ＝ヒワタリがいる。

彼は背中に大剣を背負い、レティシアとリタをじっと見ている。

さらに、まわりには数名の兵士たち。

完全にレティシアとリタを包囲して、逃がさないつもりだ。

「魔王軍を倒すために、我々は強い人を求めているのです。ぜひ、レティシア＝ミルフェさまに、『水の勇者』になっていただきたいのですよ」

「何度も『お断りします』と申し上げたでしょう？」

レティシアは声をあげた。

リタはその背後を守るように立っている。

ふたりがここに連れてこられたのは数分前。

こっそり逃げるつもりだったが、いつの間にか屋敷には多くの兵が入り込んでいた。

派手な鎧《よろい》を着込んだ、見慣れない兵たちだ。公式勇者のサポート役らしい。

「勇者になりたい方は他にもいるでしょうから、その人たちにお願いしてくださいませ」

「嫌がる人をむりやり勇者にしても、いいことはないと思うわよ」

レティシアとリタは声をあげた。

「申し訳ないのですが、辞退は受け付けていないのです」

『風の勇者』マキ＝キシエダは言った。

「プロジェクト開始まで、もう時間がないのですから」

「でしたらこんなところで話をしていないで、別の人を探しに行きなさいな！」

「……どうして私たちを否定するのですか？」

「否定なんかしていません」「してないわよ」

「しているじゃないですか！」

『風の勇者』は叫んだ。

「私たちはあなたを勇者にすると決めたのです。上司にも書類を通している。それを今さら辞退するなど、まわりの迷惑を考えたことはないのですか？」

「わたくしは、勇者に立候補したつもりはありません」

「そんなことは関係ありません」

「ないんですの!?」

「ミルフェ子爵さまが書類を提出して、それが受理された。他の候補者もいましたが――貴族をまじえた選考委員会ではねられてしまったのです」

「……わたくしが選ばれた理由はなんですの？」

「役目を果たすのにちょうどよかったからです」

「役目？」

「ミルフェ子爵さまは、いなくなっても構わない娘として、あなたを推薦したのです」

勇者の言葉を聞いて、レティシアは父を見た。

ミルフェ子爵は、気まずそうに目を逸《そ》らす。

そして、小声で――

「……子爵家を離れたいというのなら、せめて役に立ってからにしろ」

「約束はどうしました!?　仕事を果たせば、自由にしてくれるという約束は!?」

「これが最後だ。勇者の使命を果たしたあとは、好きにするがいい」

「勇者の使命？」

「レティシア＝ミルフェさまは、魔王軍討伐中にパーティを離脱することが決定しています」

『風の勇者』は言った。

「蛇の魔物の猛毒を受けてしまい、解毒の効果もなく後遺症が残ります。その後、パーティには王家出身の『炎の勇者』が加わり、魔王軍と戦うことに決まっているんです」

「もちろん、お前にはそれに応じた報酬が与えられる」

勇者の言葉を、ミルフェ子爵が引き継いだ。

「わが子爵家も、娘の犠牲により新たな領土を得ることが決まっているのだ。これが最後だ。どうか、役目を果たしてくれ、レティシア」

「ふざけないで――」

「ふざけるんじゃないわよっ‼」

レティシアが声をあげる前に、リタが叫んだ。

「私のご主人様の親友を、そんな目に遭わせられるわけないでしょ‼　魔王と勇者の伝説がやりたいのなら勝手にやってよ‼　レティシアまでブラックに巻き込まないでっ‼」

「……リタさん」

レティシアはリタの手を取った。

そうして、父と勇者たちを見据えて、宣言する。

「わたくしは勇者にはなりません。いかなる約束事があろうと、拒否します」

「……それがあなたの答えですか」

「一年前のわたくしでしたら、少しは心が動いていたかもしれませんわね。でも、今のわたくしは、親友たちとの生活と、その親友の子どもの名前を考えるので手一杯ですの。魔王軍との戦いなど、とてもとても……」

レティシアは肩をすくめた。

「私のご主人様の親友がそう言ってるから、連れて帰ります」

リタはそう宣言した。

「私はレティシアさまの、護衛だもの。彼女の望むことをするのが役目よ」

「付き合わせてすいませんわね。リタさん」

「大丈夫よ……だって」

リタはレティシアの耳元にささやく。

「ナギは、もう来るから」

「わかりましたわ。では、その前に――」

レティシアは背筋を伸ばして、一歩、前に出る。

父と勇者、並んだ兵士たちを見据えて――小声で、

「――発動『強制礼節《マナー・ギアス》』」

レティシアは人々に向かって頭を下げる。

「レティシア＝ミルフェ、これで失礼いたしますわ。みなさま、ごきげんよう！」

「「これはこれはどうも、ごていねいに」」

勇者も、ミルフェ子爵も兵士たちもお辞儀を返す。

そして――


「「……………はっ⁉」」

彼らが顔を上げたとき、レティシアとリタの姿は消えていた。

『強制礼節』は、挨拶をした相手に、強引に挨拶を返させるスキルだ。

その間に、レティシアとリタは──


「作戦成功だもん！」

リタはレティシアを背負ったまま、屋敷を飛び出した。

『強制礼節』中はレティシアも動けない。

だから一緒にいる人間が、レティシアをかついで移動させる必要があるのだ。

「ナギとの合流地点に急がなくちゃ！」

「行きましょう。リタさん」

リタは『意識共有・改《マインドリンケージ》』のメッセージで、ナギに状況説明。

そのまま2人まっすぐに、合流ポイントに向かって走りだしたのだった。


──ミルフェ子爵家、中庭──

「も、申し訳ありません。『風の勇者』さま、『地の勇者』さま。娘が失礼なことを──！」

ミルフェ子爵は、地面に膝をついた。

ふたりの勇者に向かって、何度も頭を下げる。

勇者たちはそれを冷めた目で見据えて――

「『公式勇者部隊』は、2人ということになるのか」

「王家と……上司との約束を破ってしまう」

「儀式がおかしくなってしまうではないか」

「代役を立てる……その前に、勇者プロジェクトを拒否した者に、罰を与えなくては」

「我々を出し抜くあの少女は、危険だ」

ぶぉん、と、突風が発生した。

『風の勇者』マキ＝キシエダのまわりで、風が渦巻いた。

マキ＝キシエダが地面を蹴る。彼女の身体《からだ》は信じられない高さまで飛んだ。

「彼女は風を操る者。『魔王軍』の軍勢さえも、真空の刃《やいば》で皆殺しにすることもできる」

「……おぉ！」

「本来ならあなたの娘には、『水の勇者』スキルが与えられるはずだったのだがな」

「も、申し訳ありません」

「まぁいい。こちらで対処しよう。あなたの娘がどうなったとしても、責任は負わぬよ」

そう言って、『地の勇者』セイギ＝ヒワタリは屋敷の外に向かって歩き出した。

「──レティシア！　避《よ》けて‼」

　不意に、リタがレティシアの腕を引いた。

　人気《ひとけ》のない倉庫街を走っていた二人は、そのまま真横へと飛ぶ。

　一瞬遅れて、地面に亀裂が走った。

「……なに、これ」

「風の魔法、ですの？」

　リタとレティシアは顔を上げる。

　空中に『風の勇者』マキ＝キシエダが立っていた。

　さらに、そのまわりには青白い鳥のようなものがいる。

　数は４体。彼女の使い魔だろうか。

「逃がすわけにはいかない」

『風の勇者』マキ＝キシエダは笑った。

「間もなく『公式勇者部隊の出陣式典』が始まる。出席者も人数も決まっているのだ。予定が狂えば、皆に大きな迷惑がかかる。大人として罪悪感を感じないのか？」

「……『魔王軍』なんていないのよ」

　リタは言った。

「私のご主人様が教えてくれたわ。『魔王軍』なんてものは存在しないの。魔王軍にさせられそうになった人はいたけど、その人たちは解放されたわ。この町に魔王軍が来ることはもうないの」

「リタさんの言う通りですわ。『魔王軍』にさせられそうになっていたのは、異世界から来た『来訪者』でしたの。罪もないのに、強引に悪者にさせられて……嫌がっていたそうですわ」

「だから、『公式勇者部隊の出陣式典』も、勇者パーティも必要ないの」

「嘘《うそ》だと思うなら、温泉地リヒェルダの近くにある砦《とりで》に行ってごらんなさい」

「そこには『魔王軍』の遺留品と、『魔王軍』を作ろうとしていた貴族がまだいるはずよ。あなたが勇者なら、自分の目で確かめてみればいいじゃない‼」

レティシアとリタは叫んだ。

『風の勇者』マキ＝キシエダは無言だった。

空中に浮かんだまま、じっとふたりを見下ろしている。

そして――

「……だから?」

冷めた目のまま、そう告げた。

「『魔王軍』がいないから、どうだというのですか?」

「……どう、って」

「あなたたちも騙《だま》されていましたのよ?　怒らないんですの?」

「仕事の内容も知らない者が、偉そうなことを言うな」

「「……え」」

「我々、選ばれた真の勇者は『魔王軍』を倒すためにここに来た。その『魔王軍』がどんなものであろうと、我々には関係ない。『魔王軍を討伐した』という結果さえあればそれでいいんだ。大人のプロジェクトとはそういうものだ。これだから、なにも知らない異世界人は──」

「だったら説明しろ！　説明なしで、他人に仕事をさせようとしてるんじゃねぇ！」


声がした。頭上からだ。

『風の勇者』マキ＝キシエダの、さらに上。

そこから4つの人影が、ゆっくりと降りてくる。

「ご主人様《ナギ》！」

「来てくださいましたのね。ナギさん！」

リタとレティシアの前に、ナギとカトラスが、後ろにラフィリアとシロが降り立つ。

飛んでいたのは、シロの『ふらい』を使っているからだろう。

『意識共有・改』のメッセージを受信して、この場所を特定してくれたのだ。

「ふたりが言った通り、『魔王軍』はもういない」

「これが証拠であります」

ナギの合図で、カトラスが地面に鎧《よろい》を置いた。

露出度の高そうな、漆黒の鎧だった。

「『魔王軍』が使っていた鎧であります。それと、強引に『魔王軍』を作ろうとしていた人たちの証言も得てあるであります。この羊皮紙を見てくださいであります！」

「そういうわけだ。『公式勇者部隊の出陣式典』をやったところで、討伐する相手はどこにもいない。もうやめて、元の世界に戻ってくれないかな?」

そう言ってナギは、『風の勇者』を見据えた。

カトラスは盾を、ラフィリアは弓を構えている。

シロは「リタおかーさんっ!」と、リタに抱きつく。甘えているわけじゃない。いざというときは『しーるど』でリタとレティシアを守ろうとしているのだ。

「……『魔王軍』は、いる」

しばらくして、『風の勇者』マキ=キシエダが口を開いた。

「私は勇者だ。それは王と貴族によって認められている。王と貴族は『魔王軍はいる』と決めている。その魔王軍がいないと宣言するのは、王と貴族への敵対だ! 王と貴族に敵対するものといえば魔王軍だ! つまり、お前たちこそが魔王軍なのだ!!」

「「「「……えー」」」」

リタたちの声がそろった。

『風の勇者』マキ=キシエダはナギたちをにらんでいる。どうも本気で言っているようだ。

「すげぇ論法だな」

ナギは頭痛をこらえるように、額を押さえた。

「……その理屈なら、いくらでも魔王軍を作れるんじゃ……?」

「うるさい! 貴様らを討伐して、魔王軍の本拠地を吐かせてやる」

「そんなものはどこにもないよ」

「どこでもいい! もう、プロジェクトは始まっているのだ! ここまで予算と人材を使って、いまさら『魔王軍はいませんでした』というのが通ると思うか⁉　馬鹿を言え‼」

『風の勇者』が剣を抜いた。

同時に、周囲を飛び回っていた『鳥型の使い魔』が、翼を広げる。

『コッチ』『コッチニテキガイルヨ』『味方ガキタヨ？』

「待たせたな……マキ＝キシエダ」

『使い魔』の向こうから、大柄な少年が姿を現した。

『地の勇者』セイギ＝ヒワタリだ。

彼はマキ＝キシエダの隣に立ち、背中の大剣を抜いた。

「で、子爵家令嬢と一緒にいる奴《やつ》らは何者だ？」

「勇者に敵対しているのだから魔王の手先だ‼」

「わかった。討伐しよう」

問答無用だった。

『地の勇者』セイギ＝ヒワタリの足元で、地面に亀裂が生まれている。

まるで、その下からなにかを生み出しているかのようだ。

「ナギ、気をつけて」

「このふたりのスキルは──一部ですがわかります。それは──」

「待って、リタ、レティシア」

ナギはリタの肩に手を置いた。

「戦う前に、作戦会議をしよう」

「作戦会議？」

「そんな時間ありませんわよ。敵は目の前にいるのですわ！」

「大丈夫であります」

やってきたカトラスが、レティシアとリタの肩に手を乗せる。

「作戦会議ですね。やるですよー」

「話し合いするかとー」

さらに、ラフィリアとシロも集まって来て——

「それじゃラフィリア、お願い」

「はいはーい。発動なのです！『作戦会議《チートタイム》』!!」

その瞬間、世界の時間が停止した。

第12話「勇者が意外と強そうだったので、目の前で作戦会議をすることにした」

——ナギ視点——


「これがラフィリアの『魂約スキル《エンゲージ・スキル》』、『作戦会議《チートタイム》』か……」

気づくと、僕たちは止まった時間の中にいた。

まわりは、真っ暗な空間だ。

正面には大きなスクリーンがあって、そこに、現実世界の僕たちが映ってる。

さらに上の方に「15：00」って時間を表す文字がある。1秒ごとに減ってる。

あれがゼロになると、元の世界に戻るんだろうな。

「というわけだ。みんなで、あの勇者にどう対応するか話し合おう」

「ちょっと待って、ナギ」

「待ってくださいナギさん」

リタとレティシアが目を丸くしてる。

「な、なにここ。なんで目の前に私たちが映ってるの⁉」

「説明してくださいな！」

「「「「あー」」」」

そういえば、ふたりには説明してなかったね。

「これはラフィリアの『魂約』スキルだよ。この『作戦会議』を発動すると、僕たちの意識が別の空間に移動するんだ。その間は外の時間が止まる……というより、僕たちが超高速で会話してる感じかな。とにかく、別の時間軸に移動して、その間に作戦会議ができるんだ」

「……す、すごいわね。ラフィリア」

「えっへんですぅ！」

ラフィリアは空間の中央で胸を張ってる。

地面から少しだけ浮いてるのは……たぶん、そういう仕様なんだろうな。

「それじゃ、まずはあの勇者たちの能力を教えてくれるかな」

「……もう、ナギさんたちの『ちぃと』っぷりには慣れましたわ」

レティシアはあきれたように肩をすくめた。

「彼らは王家と貴族に認められた勇者のようです。女性の方が『風の勇者』、男性の方が『地の勇者』ですわ」

「『地の勇者』の方は、地面からなにか呼び出してるでありますね」

カトラスの言う通りだ。『地の勇者』が拳《こぶし》で地面を叩《たた》いてる。

そこから岩の破片が生まれて、勇者の身体のまわりに浮かび上がってる。

「私とレティシアさまの調査によると、『地の勇者』は防御力が高いみたい」

「となると、防御のためにあの岩を利用するのかな」

「あの人、口をおっきく開けてるねー?」

「いいところに気がついたね。シロ」

『地の勇者』は大きく口を開けてる。技名を叫んでると仮定すると――

「おそらくは、母音が『あ』の言葉を叫んでるな」

さらに、あいつは岩を手招きするようなポーズを取ってる。

魔力で岩を動かして、鎧にしようとしてるのかもしれない。

「ってことは技の名前は『アースアーマー』が正解かな。『地の勇者』だし」

……そういえばタキモトが魔力の腕を作って、攻撃してきたことがあったな。

あれはリタの『結界破壊《エリアブレイカー》』で壊せた。

同じような感じで、『地の勇者』が岩を操作していると考えると――

「私の『結界破壊』が通じるかもしれないわね」

リタは僕の意思を読み取ったかのように、にやりと笑った。

「さすがリタだ。頼りになるな」

「……えへへ」

リタは僕の腕に抱きついた。

ふわり、と、なじんだぬくもりが伝わって来る。

もうちょっとこのままでいたいけど――『作戦会議』の残り時間は10分を切ってる。

打ち合わせを続けよう。

「『地の勇者』は剣を持ってるから、僕の『柔水剣術《じゅうすいけんじゅつ》』で受け流せる。それと『遅延闘技《ディレイアーツ》』のコンボでなんとかなるだろ。それで『風の勇者』の能力は？」

「『風の勇者』マキ＝キシエダは動きが速くて、空を飛びますわ」

「まわりに使い魔の鳥がいるものね」

レティシアとリタが説明してくれる。

話を聞いたカトラスが手を挙げて、

「そちらはボクの『覚醒乱打《かくせいらんだ》』でなんとかするでありますよ」

「わかった。お願いするよ。カトラス。ただ、本体が飛び回ってるとやっかいだね」

僕は、いつの間にか膝に乗ってたシロの頭をなでた。

「シロ、『しーるど』を奴の頭上に展開してくれる？　飛び上がったら頭がぶつかるように」

「わかったかとー！」

「わたくしはどうすればいいですの？」

「レティシアは、僕たちの作戦がうまくいかなかったときに、『強制礼節《マナー・ギアス》』を発動してくれるかな。相手の動きを止めて、態勢を立て直す切り札として」

「わかりましたわ」

「ラフィリアはシロと一緒に、後方で待機してて」

「待機ですかぁ？」

「相手は最強クラスの勇者だからね。万一、作戦がうまくいかなかったときのために、ラフィリアはとっておきたいんだ。もしもなにかあったら、後方から魔法でフォローして。重要な役目だよ」

「わかったです！」

「シロも、わかったかとー！」

これで作戦はＯＫだ。

残り時間は1分足らずか……。

元の空間に戻ったらすぐに戦闘だ。緊張するな。

「この世界には武器は持ち込めないからなぁ。剣があれば『遅延闘技』の空振りができるんだけど」

「いや、我はちゃんとここにおるぞ、主《ぬし》さま」

人型のレギィが、僕の肩をつっついた。

「我も意識はあるからのぅ。ちゃんと、この場に来られるようじゃ」

「そっか。レギィは来られるんだ……ということは」

僕はレギィを抱き上げてみた。

意識だけだから、軽い。

「この状態でも、レギィは剣でもあるんだよな」

「そりゃそうじゃ。魔剣じゃもの」

「ちょっと振ってみていい？」

「我が主さまの頼みを断ることはありえぬよ」

「じゃあ、やってみる」

僕はレギィを抱えて、小さな身体を振ってみた。

1回、2回……とりあえず5回。

「ラフィリア」

「はい。マスター」

「この世界の僕たちは、外部には影響を与えられないんだよな？」

「そうですねぇ。ここにあるのは、意識だけですから」

「スキルは？　あれは僕たちの中にあるものだよな？」

「……うーん。どうなんでしょうねぇ」

「だから、我の身体を振ってみたのじゃな、主さま」

「うん。レギィの本体に『僕が振った』という情報が伝わったら、問答無用で『遅延闘技』が発動するかもしれないって思ったんだ」

『作戦会議』は、一瞬の時間の中で、僕たちの意識がやりとりをするものだ。

つまり、僕たちは超高速で話し合ってるってことになる。

この空間の中でスキルを使ったら、超高速で発動させたことになる……かもしれない。

「まぁ、実験だけどね。みんなも色々試してみて」

「わかったわ。私も分身を発動するわね」

「ボクもスキルを準備しておくであります！」

僕たちはそれぞれ準備をしながら、タイマーを見つめていた。

残り時間は10秒、９、８……。

「ゼロ。みんな行こう‼」

「「「「了解」」」」

そうして僕たちは通常空間に戻って――

――カトラス、シロ（対『颪の勇者』戦）――


「――すでにプロジェクトは動き出している！　邪魔するものは潰す！　行け、我が使い魔よ――」

「発動であります！　『覚醒乱打』‼」

『颪の勇者』が使い魔に合図した瞬間、カトラスの『覚醒乱打』が発動する。

同時に、カトラスは走り出している。

まるで『颪の勇者』の動きを読んでいたかのように踏み込み、聖剣を振る。

「――な⁉」

最初の一振りで2体の使い魔を撃破。二振りでさらに2体。

ナギたちは『作戦会議』中に、使い魔のフォーメーションを観察していた。

カトラスの『覚醒乱打』は、攻撃ポイントを見極め、最適な動きをすることができる。

このふたつが組み合わされば、使い魔を斬り払うのは簡単だった。

「ちぃっ‼　なかなかやるなっ！　ならば空から――っ！」

『風の勇者』が地面を蹴る。飛行スキルで飛び上がる。

ごんっ。


奴の頭が障害物に激突した。

半透明の『円形の盾《ラウンドシールド》』だ。

「な、なんだ⁉ なににぶつかったのだ⁉」

「『しーるど』だよっ！」

ラフィリアの手を握ったシロが胸を張っていた。

作戦開始と同時に、シロは『風の勇者』の頭上に『しーるど』を展開していたのだ。

「なぜだ⁉ 私は勇者だぞ。勇者の邪魔を一般人がするなああああっ‼」

「あなたこそ、ボクたちの平和な生活を邪魔しないで欲しいであります！」

カトラスが地面を蹴った。

そのままシロの『ふらい』の効果を受けて、飛んでいく。

「発動であります。『豪・中断盾撃《キャンセリング・シールドチャージ》』」

どんっ。

カトラスの盾が、『風の勇者』に激突した。

『豪・中断盾撃』は、相手の動作を一定時間キャンセルすることができる。

これを喰《く》らった『風の勇者』は、もう、動けない。

「な、なんでこんなことにいいいいいいっ⁉」

動きを封じられた『風の勇者』は、地面で身体《からだ》をピクピクさせるだけだった。


――ナギ、リタ（対『地の勇者』戦）――


「――『アースアーマー』‼」

正解だった。

『地の勇者』の身体を、細かな岩が覆い隠していく。

カトラスの『聖騎士の鎧』に似てる。けど、こっちはさらにやっかいだ。

鎧を壊しても壊しても、地面がある限り再生できる。まさに最強の鎧だ。

「我ら勇者は、『魔王軍』を倒すために存在する。邪魔は許さない！」

「だから言っただろ。『魔王軍』はもういない。嘘《うそ》だと思うなら自分の目で確かめろ」

「その必要はない。勇者がいるんだから、魔王軍もいるはずなのだ‼」

「その理屈はどうだろうな‼」

僕は叫んだ。

「あんたが魔王軍にこだわるのは、倒すべき悪がいなきゃ勇者でいられないからだろ」

「……黙れ」

「勇者でいたいから、魔王軍がいるかどうかを確かめるのが怖い。違うか⁉」

「黙れえええええっ⁉」

『地の勇者』が大剣を振り下ろした。

空気が裂ける音がする。すごい迫力だ。

「いけるか、レギィ」

『もちろんじゃ、やれい、主さま‼』

僕とレギィはスキルを発動する。

「『柔水剣術』‼」


しゅるん。


『地の勇者』の大剣を、魔剣レギィが受け流した。

「────なに⁉」

「────からの。『遅延闘技』！」『じゃっ‼』

ぶんっ。

魔剣レギィの黒い刃《やいば》が、巨大化した。

狙《ねら》いは、奴の大剣だ。攻撃をそらされて、奴は体勢を崩してる。

大きな剣が、地面に突き立ってる。今なら当たる！

がぎいいいいいんっ‼


そして巨大化した魔剣の刃が、『地の勇者』の大剣を砕いた。

「リタ、お願い‼」

僕の背後から、リタと3体の分身が飛び出す。

『地の勇者』は、半分になった大剣を振り上げる。でも、リタは4人。

正面にいるのはすべて分身だ。本体は――

「こっちよ。発動『結界破壊』‼」

とんっ。

リタの拳《こぶし》が『地の勇者』の鎧に触れた。

次の瞬間――


ぼろぼろぼろぼろぼろっ‼


『地の勇者』の身体から、岩の鎧が剥《は》がれ落ちた。

「なにいいいいいいいいっ‼」

『地の勇者』が絶叫した。

彼はパニック状態で、落ちた岩のかけらを拾いはじめる。

「なんだこれは。マキ＝キシエダ⁉　援護は⁉　支援を‼」

「あっちはもう終わったでありますよ。発動『豪・中断盾撃』」

とんっ。

カトラスの盾が、『地の勇者』の身体を叩《たた》いた。

小さな衝撃だった。

でも、『地の勇者』はそれで、地面に座り込んでしまう。動けなくなる。

カトラスの『豪・中断盾撃』は、相手に近づかなければ使えないけど、その威力は強大だ。

向こうでは、『颪の勇者』も地面に転がってピクピクしてるし。

「そっちは大丈夫だった？」

「はい。シロどのが奴の頭上を押さえてくださったでありますから」

「シロもがんばったよー」

カトラスとシロが手を振ってる。

『颪の勇者』と『地の勇者』は、これで無力化できた。

とりあえずこのまま話を聞いてみよう。

第13話「自分を捨てて覚醒する勇者と、錬金術師《アルケミスト》の導き」

「僕たちの聞きたいことはいくつかある」

手足を縛って拘束した勇者たちに向かって、僕は聞いた。

「『来訪者』を『魔王軍』に仕立て上げてまで、勇者と魔王をやりたかったのはなぜだ？　それを、誰《だれ》が指揮している？」

「……うぅ」「……ぐぬぬ」

「もうひとつ……『白いギルド』の残党を指揮しているのは『錬金術師』だと聞いた。その人は今、どこにいるんだ？」

「お前は……どうしてそこまで知っている」

『風の勇者』が歯がみしながら、僕を見た。

「お前は何者だ⁉　そこまで事情を知っているのはなぜだ⁉　あれほどの力を持ちながら、どうして勇者をやっていない⁉」

「こっちが先に聞いてるんだけどな……」

まぁ、確かに、僕はいきなり乱入してきた身だからな。

何者かくらいは、話した方がいいか。

「僕は王家に放り出された『来訪者』だよ」

僕は言った。

「召喚されてすぐに、いらないって言われて、そのまま町に放り出された。普通に冒険者をやって、仲間を増やして、ここまで戻ってきたんだ。この世界で行われている、勇者と魔王の戦いの正体を知るために」

「放り出された？」「なんだ……闇落ち勇者か」

『風の勇者』と『地の勇者』は吐き捨てた。

「使えない勇者なら、私たちより下じゃないの‼」

「なにを偉そうに歩き回ってるんだ！　お前は‼」

「……え？」

なに言ってるんだこの人たち。

「私たち『公式勇者』は、王家と貴族から正式な勇者認定を受けている。ここまで来るのに、どれだけ苦労したか。なのに……なんでお前は自由に歩き回ってるんだ⁉」

「しかも楽しそうに。こっちは苦労してるのに‼」

「王家と貴族に認められた私たちが、あんたより下だなんてありえない‼」

「おかしいだろ。なんで俺たちが敗れてるんだ。こんなの間違いに決まってる‼」

『風の勇者』と『地の勇者』は口々にわめいてる。

なんだろう。この人たち。話が通じない。

……しょうがないな。

聞き方を変えてみよう。ハッタリも交えて。

「これが勇者か、情けない」

僕は肩をすくめて、言ってみた。

「僕が出会った『魔王軍』の人たちは、もっとキリッとしていたぞ。礼儀正しく、能力も高くて、すごく立派な人たちだった。それに比べてあんたたちは――」

「なにをーっ‼」

「俺たちがあいつらより下だと言うのか‼」

かかった。

『風の勇者』と『地の勇者』は、顔を真《ま》っ赤《か》にして、さらに声をはり上げる。

「あいつらは使えない奴《やつ》らだった！　スキルが弱いくせにこっちのミスを指摘した！」

「だから、貴族が『魔王軍』にする生《い》け贄《にえ》が欲しいと言ったとき、あいつらを推薦したんだ！」

「そんな奴らが、私たちより上だと言うの⁉」

「ばかにするな！　取り消せ――っ‼」

なるほどなー。

この人たちは『公式勇者』として、『来訪者』の管理みたいなことをやっていたのか。

で、貴族が『魔王軍』を仕立て上げようとしたときに、ミサキさんたちを差し出したってことか。

「わかってるのか？　ミサキさんたちを『魔王軍』にしたってことは、最終的にあんたたちは、あの人たちを殺さなきゃいけないってことだろ？　それでいいのか？」

「……仕事だから仕方ないじゃない」

「……そうだ。俺たちだけじゃない。こんなのどこでもやってるだろ！」

「『魔王軍』は必要なの。この世界の安定のために！」

「俺たちの邪魔をして、世界がどうにかなったら、あんたたちは責任が取れるのか⁉　ええ⁉」

やっぱり、話が通じないな。

同じ世界から来た人たちだから、ちゃんと話がしたかったんだけど……しょうがないか。

「最後にもう一度質問する。『白いギルド』の残党を指揮しているのは、王家の『錬金術師』だと聞いた。その人の居場所を教えてくれ」

「……ふ」「ふふふ」

……なんだ？

勇者たちは、唇をゆがめて、楽しそうに笑ってる。

「これで勝ったつもりか？」

「我々には、魔王との最終決戦用のスキルが備わっているのだ。錬金術師ミヒャエラ＝グレイスさまに作っていただいた、禁断のスキルがな‼」

ミヒャエラ＝グレイス。

確定だ。やっぱり錬金術師は、ラフィリアと同じ『古代《エルダー》エルフレプリカ』だ。

それと──勇者たちの身体《からだ》が、赤く光り始めてる。

なんだ、この能力は。

「『邪悪なる魔王よ。我々のすべてを振り絞っても、貴様を倒す』」

「『たとえ、我々が人の姿を失い、人の世界で生きられなくなったとしても』──って、えええええええええ⁉」

勇者たちが叫んだ。

彼らの身体が、変化していく。

腕が膨らみ、爪のついた巨大な手に変形する。

身体も、脚も、肥大化していく。真っ白だけど、形はまるで悪魔のような。

そして背中には、奇妙な形の翼が。

「『もはや我々は人の姿には戻れない。だが、刺し違えてでも魔王を』——違う！　私たちは、魔王を倒したあと、この世界で優雅に——っ‼」

「『さらば世界よ。人に討伐されるべきこの姿になったとしても』——そんな話は聞いていないぞ‼　なんだこれは。なんだこれは——っ‼」

ブラックスキルだ。

前に、獣人の村で戦った貴族も、同じようなスキルを使ってた。

あいつは身体を自由に変化させて、獣人や魔物に化けてた。

勇者たちの変身スキルは、それに似てる。

「いやだ。こんな姿になるのは嫌だああああああああっ‼」

「戻れない。元の姿に戻れない。どうすればああああっ‼」

「リタ！　『結界破壊《エリアブレイカー》』を！」

「了解。発動『結界破壊』‼」

リタの拳《こぶし》が、変身した勇者たちを叩《たた》いた。

変身スキルは基本的に、身体のまわりに自由な形の結界を作り出すものだ。

だから、『結界破壊』で壊せるわけだけど——どうなる⁉

「──堅すぎる⁉」

リタが飛《と》び退《の》く。

彼女の『結界破壊』は、変化した勇者の一部を元に戻しただけだった。

『風の勇者』は顔が、『地の勇者』は腕が元に戻ってる。

それだけだ。強すぎて、解除しきれていない。


「なんだ⁉　巨大な化け物がいるぞ‼」

「このメテカルに魔物が‼」

「人が襲われてる。冒険者を呼べ‼　あの魔物を倒すんだ‼」


遠くで、人の声が聞こえた。

さすがに勇者のあの姿は目立ちすぎだ。

しかも、魔物と勘違いされてる。まずいな。

「聞け、勇者たち‼」

僕は声をあげた。

「あんたたちが持ってるのは、身体に異常をきたすブラックスキルだ！　それが錬金術師が作ったものなら、本人であれば解除できるはずだ。ミヒャエラ＝グレイスの居場所を教えろ！」

「錬金術師────っ‼」

「俺たちをだましたなあああああああっ‼」

勇者たちの身体が、ふわり、と浮かび上がる。

『風の勇者』の力だ。巨大化してる分だけ、スキルの力が高まってる。

奴らは倉庫を砕きながら、空へ。

そのままメテカルの城壁を越えて、西の方へと飛んでいく。

「おい、あっちはメテカルダンジョンの方じゃねぇか？」

「領主さまに知らせろ！」

「あの場所は『公式勇者部隊の出陣式典』のスタート会場だ‼」

出陣式のスタート会場。

……なるほど。

たぶん、錬金術師ミヒャエラ＝グレイスはそこにいる。

「ラフィリア。大丈夫？」

「は、はいです！」

僕が声をかけると、ラフィリアは、ぴん、と背筋を伸ばして、答えた。

「あ、あたしはだいじょぶ、です。錬金術師さんが……あたしの同型だってことは予測してましたから、問題なしです……それに」

「それに？」

「あたしはマスターの『魂約者』ですからぁ」

ラフィリアは、顔を真っ赤《まっか》にして、僕の服の袖をつかんだ。

「マスターとあたしは、魂で繋《つな》がっているです。その繋がりは、他のどんなものにも負けないのです。敵が運命でも、あたしの同型でも関係ないのです。だから、錬金術師さんをこらしめてくださいです。マスター」

「わかった。じゃあ、行ってみよう」

「「「「おー！」」」」

リタ、レティシア、カトラス、シロが拳を突き上げる。

たぶん、その錬金術師がラスボスだ。

話をつけて、この世界の勇者と魔王のサイクルを、終わらせることにしよう。


――勇者たち視点――


「おかしい。おかしい。なんだこれはああああああああ‼」

『風の勇者』は叫びながら、メテカルダンジョンの入り口へと舞い降りた。

普段は冒険者でにぎわうこの場所は、今は立ち入り禁止になっている。

『公式勇者部隊の出陣式典』のためだ。

周囲には柵《さく》が張られ、その中心には、純白のローブをまとったエルフがいる。

彼女のまわりには、複雑な魔法陣が描かれている。

その中央にあるのは、奇妙な光を放つ球体だ。

出陣式のスタート時に、『風の勇者』たちを真の勇者に、『魔王軍』を真の魔王軍にするための儀式が行われる。錬金術師ミヒャエラがそう言っていたのを、『風の勇者』は覚えている。

「アルケミストォオオオオオオ‼」

「きさま、ギィサァマアアアアア‼」

雄叫《おたけ》びをあげながら、『風の勇者』と『地の勇者』は地上に向かう。

地響きをたてて着地。

魔法陣の中央にいる——金髪のエルフの少女をにらみつける。

「なんだこれは！　ナンダアアアアアコォレエエエハアアアア‼」

「この姿は魔物ではないか！　マルデ、マモノデハナイカァアアアア‼」

「……マキ＝キシエダ、セイギ＝ヒワタリ」

エルフの少女は顔を上げ、言った。

冷静だ。

巨大な異形と化した勇者たちを見ても、眉ひとつ動かさない。

「最も優れた勇者たちよ。どうしてマニュアル通りの動きをしなかったのか」

エルフの少女——ミヒャエラ＝グレイスはため息をついた。

「魔王との最終戦で使うべきスキルを、ここで発動させるとは。よほどの危機がなければ、ロックは外れない。それを無効にするほどの敵が現れたとは……不可解」

「元にモドセエエエエエエ‼」

「我らは勇者。勇者ダアアアァ‼」

「第18期、勇者と魔王の戦闘は失敗。第18期の勇者を排除し、第19期のスケジュールを開始する。第19期の魔王軍はお前たちを素材とし、構成する」

ミヒャエラ＝グレイスはそう言って、目の前に置かれた球体を手に取った。

「古《いにしえ》の『契約《コントラクト》』の名のもとに、『魔王のオーブ』を発動する」

「────ひっ⁉」「それは⁉」

球体から光が発せられて──ふたりの勇者の動きが止まった。

マキ＝キシエダと、セイギ＝ヒワタリは、異形の顔をこわばらせている。

彼らは『魔王のオーブ』について知っていたからだ。

「このオーブを使って儀式を行えば、定められた者たちを『魔王軍』とすることができる。異形の姿は確定し、人と話すスキルは失われる。この世界には、勇者と魔王がいなければいけない。魔王がいなければ勇者は存在せず、勇者がいなければ、また、魔王も存在できない」

まるで定められた言葉を口にしているように、無表情で──

ミヒャエラ＝グレイスは、目の前の勇者たちを見据えていた。

「……錬金術師。お前は、なんなんだ」

「……我々を勇者にして、『魔王軍』を討伐させる約束なのに。なぜ、こんなスキルを……」

「このミヒャエラ＝グレイスは、正しいマニュアルを元に行動している」

淡々とした声が響いた。

ミヒャエラ＝グレイスの紫色の瞳《ひとみ》は、なにも映していない。

巨大な魔物と化した勇者たちを前に、全く動揺していない。

ただ、定められたシステムの通りに動く機械――そんなふうに見えた。

「魔王を倒した後の勇者は、人の世界より去らねばならない」

ミヒャエラ＝グレイスは言った。

「王以上の能力と権威を持つ者は、この世界を不安定化させる。ゆえに、異形として人の世界より排除する。それが、古より定められた『契約』の――」

不意に、ミヒャエラ＝グレイスは言葉を切った。

真っ白な顔を上げて、空を見る。

夕暮れの空に、白いものが飛んでいた。まっすぐ、こちらに向かって来る。

「――竜？」

まさか、と思った。

この世界の竜は、人の世界に干渉しなくなって久しい。

地竜は滅んだ。天竜は死んだ。海竜は海から上がってくることができないはず。

なのに、風を切ってこっちに向かって来るあの白い竜は――？

「天竜のシロだよ！　悪い人は許さないよ――――っ‼」

「天竜だと⁉」

つぶやいた瞬間、ミヒャエラ＝グレイスの足元に『火球《ファイアボール》』が着弾した。

思わずミヒャエラは飛び退《との》く。

さらに、『火球』の着弾は続く。

天竜の隣で、杖《つえ》を構えているエルフがいる。

思わず目を見開く。あれは、同型種だ。

自分と同型の『古代エルフレプリカ』が、竜に乗って攻撃してきているのだ。

「とうとう見つけたですよ！　悪い人。あたしの、お姉さん‼」

「同型か――？　なぜ『古代エルフレプリカ』がミヒャエラ＝グレイスの邪魔をする」

「あたしはあたしです！　マスターの奴隷《どれい》にして『魂約者』ラフィリア＝グレイスですぅ！　『古代エルフレプリカ』の事情なんて知ってるけど知るかですぅ‼」

白い竜は下降する。低空飛行のまま、こっちに向かって来る。

ミヒャエラは魔法を放つ。弾《はじ》かれる。

竜の前面には強力なシールドが張られている。

それに気づいたミヒャエラは、魔力障壁を展開する。

同時に、儀式の間に置かれた人造の魔物を起動する。

こんなこともあろうかと準備しておいた、巨大な竜の魔物だ。本来なら『公式勇者部隊の出陣式典』で、勇者がこれを華麗に倒してからスタートするはずだった。

予定が狂った。すべて、おかしくなった。

第18期の勇者と魔王システムは完全に破綻した。

やり直しを計画する。新たなシステムを起動する。

ミヒャエラ＝グレイスの脳内はそれでいっぱいになる。

「ごめんな。ラフィリアのお姉さん」

「あなたのしたことを、すべて話してもらうわよ」

だから、彼女は気づかなかった。

低空飛行した竜の背中から、2人の人間が降りていたことを。

竜が自分の姿を盾にして、その者たちの姿を隠していたことを。

「発動‼　『結界破壊』‼」

ぱりいいいいいいんっ‼

先頭を走る獣人の拳《こぶし》が、ミヒャエラ＝グレイスの魔力障壁を破壊し──

「解放！　『遅延闘技《ディレイアーツ》』‼」

その後ろにいる少年の黒剣が巨大化し、ミヒャエラが作った人造の竜を両断した。

「……お前、いや、お前たちは……？」

ミヒャエラ＝グレイスは、呆然《ぼうぜん》とつぶやいた。

「太古より続く『古代エルフ《エルダー》』の使命を妨害したのは、お前たちだったのか⁉」

「『ギルドマスター』亡き後の『白いギルド』を仕切ってたのはあなたか、ミヒャエラ＝グレイス」

黒剣を持った少年は言った。

「『ギルドマスター』……いや『地竜アースガルズ』は満足して消えた。『魔王軍』になるはずだった人たちは元の世界に帰した。もう、勇者と魔王の戦争は起こらない」

「ご主人様の嫌う『ぶらっく労働』の必要なんかないの」

「……終わりに、して欲しいであります」

「だから、なにがしたかったのか教えてー」

「わぁっ。シロさん。まずは服を着てくださいませ」

「すべての計画を聞かせてくださいです。ミヒャエラお姉さん」

黒剣の少年、獣人、鎧《よろい》を着た眠そうな少女、竜から人の姿になった少女、貴族の少女、そして
――ミヒャエラ＝グレイスと同じ、『古代エルフレプリカ』。

彼らに囲まれたミヒャエラ＝グレイスは、がっくりと膝をついた。

「お前たちが『白いギルド』を終わらせたのか？　勇者も、魔王の物語も」

「ああ。それと、僕も『来訪者』だ。だから、聞く権利があると思う」

少年は言った。

「どうして僕たちはこの世界に喚《よ》ばれたのか。王家と貴族はなにをしようとしていたのかを」

第14話「『古代《エルダー》エルフ』の呪縛と、愛と正義のラフィリア・ヴァージョン3（自称）」

――ナギ視点――


錬金術師《アルケミスト》ミヒャエラ＝グレイスは、目の前に座り込んでる。

ちなみに『風の勇者』マキ＝キシエダと『地の勇者』セイギ＝ヒワタリは、硬直したままだ。

元に戻してあげたいけど、その方法がわからない。

今は、ミヒャエラ＝グレイスの話を聞こう。

「終わったのか。そうか」

ミヒャエラ＝グレイスは、静かにつぶやいた。

「『白いギルド』の崩壊。勇者の敗北。その後のマニュアルは存在しない」

「あんたはどうして『魔王軍』をでっち上げようとしたんだ？」

「そういう貴様は何者だ」

「僕はただの凡人だよ。チートな仲間に囲まれてるけど、僕自身にはたいした力はない。ただの『来訪者』で、勇者にならなかった者だ。名乗るほどの者じゃないよ」

「ただの凡人が、『古代エルフ』の計画を壊せるものか」

「壊せちゃったんだからしょうがないだろ」

ミヒャエラ＝グレイスは、動かない。

もう、戦う気はないようだ。

僕の隣にはリタが、後ろにはラフィリアとカトラス、レティシアとシロがいる。

いつでも動けるように準備してくれてる。

「僕が知ってるのは、大昔に『地竜アースガルズ』が聖剣で殺されたこと。怒った魂の一部が『ギルドマスター』になったこと。それが『白いギルド』を動かして、勇者たちをブラック労働させてたこと……それくらいだよ」

「その通りだ。お前は状況を正しく理解している」

「そして、ずっと昔に滅んだ『古代エルフ』が『古代エルフレプリカ』を作ったこと。ラフィリアには、不幸を引き寄せるスキルがインストールされてたこと。『古代エルフ』が、世界の心配ばかりしていた種族だったこともわかってる」

「このミヒャエラ＝グレイスを、殺すか？」

「あなたが黒幕として、自分の意思で人を操っていたなら……その可能性もあるけどね」

「黒幕の定義による。それが計画の実行を望んだ者という意味であれば、このミヒャエラ＝グレイスは黒幕ではない」

ミヒャエラ＝グレイスは、頭を押さえた。

「『聖剣ドラゴンスレイヤー』を作ったのは、最後の古代エルフであった。すべては、太古に交わされた『契約《コントラクト》』のため。王家と世界の安定のため」

「王家と世界の安定？」

「魔王と呼ばれる者はいない。この『魔王のオーブ』は、定められた者を、『魔王』と呼ばれる者に変えてしまうもの。それだけだ」

「……わざわざ魔王を作るのかよ」

「『古代エルフ』には予言があった。いつかこの世界が不安定化して、滅んでしまうと。だから対策をした。安定させるために、悪の象徴である魔王を作り出し、それを王家が喚《よ》び出した勇者が倒す。そうすることで王家に支持を集中させ、治安を安定化させる……そういう計画を」

「そんなことじゃないかと思ってたけどさ」

勇者や貴族たちはずっと、竜に関わるものを封じようとしていた。

前に倒した勇者は言ってた。

竜がいたら、人々は王家よりも竜に頼ってしまう。だから封じる、って。

逆に敵対者としての魔王がいたら、人はそれを倒す能力を持つ組織や人に頼るようになる。

それを利用して、勇者を召喚する力を持つ王の権威を高める。

魔王と勇者を必要としたのは、そういう理由だったんだろうな。

「そんなことのために、僕たちはこの世界に召喚されたのか」

「今回が第18期になる。数百年は続いているシステムだ」

「すごいな。ずっと前から、あんたはそんなことをしていたのか」

「毎回『魔王と勇者』とは限らぬ」

ミヒャエラ＝グレイスの言葉はまるで、書かれた文字をそのまま読み上げているようだった。

「『異形の海賊と勇者』のこともあった。『魔王の祝福を受けた領主と勇者』のことも。いずれにせよ、国を滅ぼす者と、秩序を守る者の対立であれば、それでよい」

「あなたは、このシステムに興味がないのか？」

「なぜそんなことを聞く」

「敗れたのに、表情が変わらない。声も淡々としているからだよ」

「このミヒャエラ＝グレイスは、マニュアルに従って正しく稼働している。問題はない」

通じない。言葉が、かみ合ってない。

なんだろう、この違和感。

「本来であれば、あと数年は稼働するはずだった。『古代エルフレプリカ』は長命だ。ミヒャエラ＝グレイスの前には、別の者が担当していた」

「ガブリエラ＝グレイスか」

「その答えは正しい」

「聞いたことがある。『古代エルフレプリカ』のガブリエラ＝グレイスという人が人間の世界に出て行って……権力者に利用されて死んだって。その人が、あなたと同じ仕事をしていたのなら、納得できる」

「なにもかも、太古の『契約』のせい……だ」

突然、ミヒャエラ＝グレイスが膝をついた。

立ちくらみを起こしたみたいに、頭を押さえている。

「ミヒャエラ＝グレイス⁉」

呼びかけても、答えない。

長年の野望が砕かれたのなら、ショックを受けてもおかしくないけど——？

「世界を心配しすぎた古代エルフは、安定のためにこのようなシステムを作り上げた。この『魔王のオーブ』もそれだ。そして——自分も——」

ミヒャエラ＝グレイスが顔を上げた。

ラフィリアを見た。

その目が、光ったような気がした。

「ミヒャエラ＝グレイスの名において、次の世代の『古代エルフレプリカ』に接続する」

被《かぶ》っていた帽子を外す、ミヒャエラ＝グレイス。

彼女の頭上には、黒い影のようなものが取り憑《つ》いていた。

「使命を受け入れよ。世界の安定のために仕事をせよ。偉大なる古代エルフが作り上げしシステムによって——」

黒い影——ゴーストのようなものが浮かび上がる。

人の姿さえしていないそれが——ラフィリアに向かって飛んでくる⁉

「ラフィリアになにをする！　こっちくんな！」

「あたしはマスターのものです！」


ぺちっ。

手を繋《つな》いだ僕とラフィリアの拳《こぶし》が、ゴーストを地面に叩き付けた。

『――なん、だと⁉』

ゴーストは起き上がって、ラフィリアに触れようとする。

でも、弾《はじ》かれる。まるで見えないバリアーがあるみたいに。

『――触れられぬ‼』

ゴーストは言った。

『古代エルフが作りし人造生命に触れることができぬ！　こいつはもう、違うものになってしまっているのか⁉』

あー、そういうことか。

このゴーストは『古代エルフレプリカ』に取り憑いて、使命を果たさせようとするものだ。

ミヒャエラ＝グレイスも、ガブリエラ＝グレイスも、これに取り憑かれていたんだろう。

「でも、ラフィリアはもう、違うのか」

「あたしはマスターに書き換えられちゃってますからねぇ。スキルも改造していただいて、魂だって、マスターと繋がっているのですよぅ」

ラフィリアは胸を張る。

「悪いスキルをマスターに書き換えてもらった段階で、あたしはラフィリア＝グレイス・ヴァージョン2になったです。マスターと『魂約《エンゲージ》』して、愛と正義のラフィリア・ヴァージョン3となったあたしに、『古代エルフ』の怨念なんか効かないのです‼」

ラフィリアの言う通りだ。彼女はもう、作られた時とは別物になってる。

ラフィリアに取り憑いてた呪《のろ》いのスキルは、ラッキースキルに書き換えた。

さらに僕とラフィリアは『魂約』してる。

僕がカスタマイズしちゃったせいで、ラフィリアはもう、オフィシャルなプログラムは受け付けなくなったらしい。

「でも、ちょっとだけ情報が見えたですぅ」

「情報って、どんなの？」

「この人は『古代エルフ』が作った思念体なのですよぅ。代々の『古代エルフレプリカ』に取り憑いて、勇者と魔王システムを続けてきたようなのです」

ラフィリアは、地上でピクピクしてるゴーストを、爪先で突っついた。

「世界が自由だと、なにが起きるか怖いですから、勇者と魔王システムを利用して、人間の王さまに治めてもらうことで、なるべく世界を予測可能なものにしたかったみたいですね。そのために太古に『契約』したそうですよぅ」

「でも、そのシステムのせいで、みんなひどい目に遭ってるんだけどな」

『……つらいのは、いまだけ』

ぴくぴくしてるゴーストが、つぶやいた。

『……同じことを続けていれば、いつか幸せになれる。いつかきっと、きっと……』

「あんたのシステムは、もう、壊れたんだ」

こいつはもう、ラフィリアには取り憑けない。

ミヒャエラ＝グレイスは、こいつが抜けたショックで倒れてる。

勇者たちは硬直したままだ。

魔王軍はいない。

『地竜アースガルズ』は解放された。

古いシステムは、もう、動かないんだ。

「終わりにしよう。リタ、カトラス、ラフィリア、手伝って」

「わかったわ。ナギ」

「聖剣を使うであります」

「あたしも、やるですよ」

ゴーストを倒せるのは魔法の武器、神聖力、魔法。

僕は魔剣レギィを、リタは神聖力の拳を、カトラスは聖剣を、ラフィリアは杖《つえ》を構える。

「「「「せーのっ‼」」」」


ぷちっ。

拍子抜けするほど、あっさりだった。

勇者と魔王システムを作ってきた『古代エルフ』の残留思念は、消え去った。

「……これは、スキルクリスタルか」

ゴーストが消えたあとには、小さなスキルクリスタルが残ってた。

調べてみると――


『錬金術《アルケミー》LV9』

マジックアイテムを作り出すことができる。

ただし、そのための素材と知識が必要。

それらは『古代エルフ残留思念』の知識によってインストールされる。


なるほど。

これで『古代エルフレプリカ』は、マジックアイテムやブラックスキルを作り出していたのか。

とりあえずもらっとこう。

「ミヒャエラ＝グレイスは大丈夫？」

「……かなり、弱ってるみたい、です」

ラフィリアは首を横に振った。

「少し、休ませてあげたいのです。代わりに、あたしがこの人たちをなんとかするです」

「できるの？　ラフィリア」

「残留思念さんから、知識だけいただいたですから」

ラフィリアは、えっへん、と胸を張った。

「ミヒャエラさんが持ってる杖には『ブラックスキル』操作のシステムが入ってるです。勇者が逆らったときに止めるためのものですねぇ。これを使えば『ブラックスキル』を破壊することができるです。ただ……」

「ただ？」

「この人たちの、この世界で手に入れたスキルも壊れちゃうですけど」

「……いいんじゃないかな」

『風の勇者』『地の勇者』には、元の世界に戻ってもらうことになる。

だったら、危険なスキルは、この世界で消していってもらおう。

「一応、本人確認してみるね。あの、マキ＝キシエダさん。セイギ＝ヒワタリさん」

「……が、ががっ」「ぐ、ぐぉ……」

「話は聞いてたと思うけど、あなたたちを怪物にしているスキルは、壊せると思う」

僕は言った。

マキ＝キシエダと、セイギ＝ヒワタリは、うなずいたみたいだ。

「だけど、そうすると他のスキルも壊れちゃうんです。そうすると、この世界で生きていくのは大変なので……元の世界に戻してあげたいと思うんだけど、どうかな？」

「……たの……む」「もどりたい……もう、ここ、やだ」

「オッケーだ。ラフィリア、よろしく」

「はい。では、いくです！」

ラフィリアは杖を掲げて、宣言する。

「『混沌《こんとん》より無へと。勇者は凡夫へ。解除せよ』‼」

ぱ、きん。

マキ＝キシエダさんと、セイギ＝ヒワタリさんの怪物ボディが砕けた。

中から、人間の姿をした2人が現れる。

2人とも真っ青な顔で、荒い息をついてる。

「……帰る」

「……勇者になれないなら、いる意味がない。帰らせてくれえええええっ」

「みんな、用意はできてる？」

僕はリタ、レティシア、カトラス、シロの方を見た。

4人は僕たちに手を振ってる。

地面には、みんなが描いてくれた魔法陣。異世界への門を開くものだ。

「それでは、異世界への門を開くですよぅ」

そうして、ラフィリアが『異世界への門を開くスクロール』を起動して――

最後に残った勇者たちは、元の世界へと帰っていったのだった。

第15話「ラフィリアの願いと、新たなる進化（リタのお手本つき）」

それから、しばらくして僕たちは町の宿屋に戻った。

ミヒャエラ＝グレイスは意識を取り戻したけど、かなり衰弱してる。

ずっと思念体に取り憑《つ》かれて、働かされてたせいだと思う。

本人は「大丈夫です」って言ってたけど……心配だな。

「……これからどうするのかな、ミヒャエラ＝グレイス」

宿の部屋で、そんなことを考えていると──


こんこん。


ノックの音がした。

「開いてるよ。誰《だれ》？」

「ラフィリアなのです」

「あの……私もいるわ」

ドアが開くと、寝間着姿のラフィリアとリタが立っていた。

「ラフィリア？　ミヒャエラ＝グレイスについてなくていいの？」

「いいのです。さっき、お話ししましたから」

「そっか」

「私は、ラフィリアに呼ばれて来たんだけど……」

リタは不思議そうに、首をかしげてる。

「実は、マスターとリタさまにお願いがあるのです」

「お願い？」

「なぁに？」

「ちょっとリタさま、マスターのお隣に座っていただけませんか。あ、はい。そんな感じです」

ラフィリアが言って、リタが僕の隣に腰掛ける。

ふたりで並んで、ベッドに座ってる状態だ。

「……えっと、なにかな？」

「はい。実は、リタさまに、マスターとの『結魂《スピリットリンク》』をするときの、見本を見せていただきたいと思いまして」

「なぁんだ。そうなの──」

リタは、ぽん、と手を叩《たた》いた。

「深刻な顔をしてるから、なにかな、って思っちゃった。なぁんだ。私とナギが『結魂』するときと同じことをラフィリアの前ですれば──って、えええええええっ!?」

「あ、あの。ラフィリア？」

「もちろん、意味はわかっているですよ」

ラフィリアはうなずいた。

「さっきミヒャエラと話をしたのですが……彼女は、あんまり長くは保《も》たないようなのです。『古代《エル》《ダー》エルフ』の残留思念に取り憑かれて、『ぶらっく』な働き方をしていたからのようです」

「……そうなんだ」

「……それは、残念ね」

「なので、あたしに知識を伝えたあと、旅に出ると言っていたです。あの思念体から受け継いだ知識を良いことに使って、人を助けるお仕事がしたいって」

「う、うん。それはわかるんだけど」

それが『結魂』とどういう関係が──

……あ、わかった。

「もしかして、お別れの前に、安心させてあげたい、とか？」

「さすがマスター、ご明察なのです！」

「やっぱりかー」

「あたしはマスターと繋《つな》がることで、『古代エルフ』の残留思念から逃れたです。残留思念は消えたですけど、『古代エルフ』が別の計画をしていた可能性もあるので、ここはひとつ、マスターと完全完璧に繋がって、対策をしておこうかと！」

「で、でもでも、なんで私が見本を見せなきゃいけないの？」

「だってあたし、子どもの作り方なんて知らないですから」

「「……あ」」

そうだった。

ラフィリアは『古代エルフレプリカ』として目覚めたばかりなんだっけ。

そういう知識は、詳しくないのか。

「そ、それに、さっきリタさま言ってたじゃないですかぁ。『ご主人様欠乏症』対策として、子どもが欲しいって──」

「わーわーっ。わーっ‼」

ラフィリアの言葉をかき消すみたいに、リタが声をあげる。

……気持ちはわかるけど、聞こえちゃったからね。

「…………わぅぅ」

「そういうわけなので、リタさまに見本を見せていただければ、リタさまの願いも叶《かな》って、あたしも勉強をさせていただけて、一石二鳥なのですよぅ」

「あのさ、ラフィリア」

「なんですか、マスター」

「僕としては……別にいいんだけど……」

「ありがとうございますです」

「逆にラフィリアは、リタにその……してるところを見られるの、抵抗はないの？」

「ないですよぅ。当たり前じゃないですか」

ラフィリアは、おひさまみたいな笑顔を見せた。

「だって、あたしたちはパーティの仲間で、家族なんですから」

僕は両手を挙げた。

降参だった。

確かに、『古代エルフ』の計画があれだけとは限らない。

そもそも『古代エルフ』が一枚岩とも限らないんだ。彼らは魔族と協力して『天竜の卵』を守るための仕掛けを作ったりもしてたんだから。

というわけで、対策をしておけば僕も安心。

でも、その手の知識にうといラフィリアには、そういう教育が必要。

となると――

「わ、わかったもん！」

がば、と、リタが顔を上げた。

そうして、ラフィリアの方を見て。

「ラフィリアは大事な、パーティの仲間で、家族なんだもん。家族のためなら、できることはするんだもん。でもでも……でも」

リタの熱っぽい手が、僕の手を握った。

「ナギの体力を考えると……ちょっと抵抗があるかな」

「それなら大丈夫なのです。アイネさまお勧めの『ホーンドサーペントの干し肉』があるですから。リタさまもご存じの通り、これは男の子を元気にする効果が――」

「わーわーっ。わーっ‼」

だから声をあげてごまかすのは無理だって。

ラフィリア、最後までしゃべっちゃってるから。

そっかー。『ホーンドサーペント』の肉には、そういう効果があったのか。

結局、リタもアイネも、そういうことを企《たくら》んでたんだね。

まぁ、今回それを使うかどうかは、別として。

「じゃあ、はじめようか」

「ふぇぇん」

「がんばるです。リタさま」

僕とリタとラフィリアは、それぞれ手を握り合う。

リタは熱があるんじゃないかって思うくらい真《ま》っ赤《か》になってたけど――

――ちゃんと、うなずいてくれた。


それから、僕とリタは服を脱いで、ゆっくりと、身体《からだ》を重ねていった。

二度目だけど、リタはやっぱり緊張してた。

ラフィリアの視線が気になっていたみたいだけど、僕が獣耳をなでて、尻尾《しっぽ》をなでてるうちに、落ち着いていった。

そうして、僕たちは繋がって――

僕はリタの望むようにして――

ずいぶん、長い時間をかけて――終わって。

ぐったりしたリタは、そのまま、眠ってしまったのだった。


「……あ、あのですね、マスター」

不意にラフィリアが、ぽつり、と、つぶやいた。

「………うん。どしたの、ラフィリア」

「今さらながら、ですね……あたし、恥ずかしくなってきたのです」

「ほんとに今さらだよ、それ」

「マスターと、リタさまのを見ていたら……すごくドキドキしてしまいまして……えっと、あたし、どうしちゃったんでしょう」

「……どうしようか」

「……でも…………お願いするです」

「そうだね」

僕はラフィリアの、ピンク色の髪をなでた。

なんというか……すでにラフィリアには、色々と見られちゃってるから。

このまま「やっぱりなし」にしちゃうと、僕とリタが恥ずかしいだけで終わっちゃうからね。

「いじわるかもしれないけど……ラフィリアにも、恥ずかしい思いをして欲しいかな？」

「……は、はいぃ」

ラフィリアはうなずいた。

それから、寝間着の帯をほどいて、着ているものを床に落とした。

うるんだ目で僕を見て、恥ずかしそうに、顔を押さえて――

「……していただく前に、ちゃんと言っておきたいことがあるのですよ」

ラフィリアは僕をまっすぐに見つめて、本当に、真剣な顔で、

「あたし、ラフィリア＝グレイスは、マスターを愛しているです……」

それから、僕とラフィリアは、時間をかけて、繋がった。

「…………あたし……ちゃんとできてるですか？　ちゃんとした人みたいに……マスターと」

――ラフィリアは、いつもとは別人みたいな、真面目《まじめ》な顔で。

「……あ。はぅ。こ、この反応は、正常なのですかぁ。マスターに……ふしぎな……気持ちぃ……スイッチ……見つけられてる……です。は……んっ」

でも、ひとつひとつ、自分の感覚を確かめるみたいに、感想をつぶやいて。

「…………ん。お願いです。ますたぁ。あたしに……リタさまみたいに……普通の女の子として

……してください……いろんなスイッチ……押して……欲しいです。ずっと……ずっと……んっ」

僕はラフィリアのして欲しいように、してあげて。
長い時間をかけて――終わったあと。

・一定深度以上の『魂約《エンゲージ》』――条件クリア。
・一定時間以上の魔力的結合――条件クリア。
・一定時間以上の、互いを完全に信頼した状態での抱擁――条件クリア。
・一定深度以上の精神的な結びつき――条件クリア。
『結魂《スピリットリンク》』の成立により、『結魂スキル《スピリットリンク・スキル》』が覚醒しました。


声がした。

『結魂』、成立だ。

『魂約』の条件が「一定深度以上」になってるのは、僕とラフィリアが『真・高速再構築《クイックストラクチャー・トゥルー》』で、数時間、深く深く結びついていたからだと思う。

やっぱり、時間だけじゃなくて、結びつきの深さでも成立するんだな。

「……がんばったね、ラフィリア。『結魂』できたよ」

「…………マスター」

「うん」

「……あ、あたし、思った以上に……恥ずかしかったですぅ」

「……そっか」

「じ、自分の身体のコントロールが利かなくなってしまったようでして……まるで、マスターに色々なスイッチを入れていただいているようで……でもでも……それがみなさんと同じかどうかわからないと心配なので、ですね」

ラフィリアは僕の肩に、ことん、と、頭を乗せて、

「……皆さまと、あたしの反応がおんなじかどうか、チェックさせていただいていいですかぁ」

「だめ」

リタだって照れまくって眠っちゃってるんだから。

セシルや……他のみんなが同じシーンを見られたら、失神しちゃうかもしれない。

「ラフィリアは、ラフィリアらしくってことで、いいんじゃないかな」

「……マスターがそうおっしゃるのでしたら。えへへ」

ラフィリアのエルフ耳が、ぴこぴこと揺れてる。

「『古代エルフ』さんは、歴史上、ひとつだけいいことをしたと思うです」

「いいこと？」

「あたしを作ってくれて、マスターと巡り合わせてくれたことなのです。使命を果たすだけだった『古代エルフレプリカ』が、愛と、好きな人と繋がる幸せを知ったのです。これは物語にして、みなさんに広めないといけないと思うのです！　いかがでしょうか、マスター！」

「とりあえずその物語は発禁で」

「そんなー！」

結局、『結魂』しても、ラフィリアはラフィリアのまま。

でも、それでいいんだと思う。

『古代エルフレプリカ』でも、エルフでも関係ない。

ラフィリアは僕の家族で、大事な仲間だからね。

「それで、僕たちの新しいスキルは――」

まずはラフィリアから。

ラフィリア＝グレイス

『真・作戦会議《スーパーラフィリアタイム》』

スキル発動時にラフィリアの近くにいる人と、数分間の作戦タイムを取ることができる。

作戦タイム中は意識と魔力が異空間に移動し、時間の流れから切り離される。

その間、外部の世界に干渉はできない。

作戦タイム中の記憶は維持される。

武器、防具の持ち込み可能。呪文《じゅもん》の詠唱とスキルの使用と準備が可能。

使用回数制限：１日１回。

――強すぎない？


呪文の詠唱とスキルの準備ができるってことは、セシルは『古代語詠唱』を唱えておける。

というか、下手《へた》をすると異空間で誰《だれ》にも見られずに、『能力再構築《スキル・ストラクチャー》』して、新しいスキルでいきなり反撃とか、できるんじゃないだろうか……。

……危険だから、切り札としてとっておこう。

そして、僕のスキルは――

ソウマ＝ナギ
『高位再構築《ハイ・ストラクチャー》』
５概念チートスキルを作成することができる。
作成可能なのは『結魂』あるいは『魂約』している相手のみ。
また、再構築後は『高速再構築《クイックストラクチャー》』のように、一定時間、概念を安定させる必要がある。
５概念は規格外のスキルのため、レベル１固定。

「――５概念チートスキルが来た！」

４概念チートスキルを超えるものが、ついに来た。

今までも『能力交差《スキル・クロッシング》』で６概念チートスキルを作ることができたけど、あれは一時的なもので、制限がありまくりだったからな。

でも、このスキルなら、新たに5概念のスキルを作ることができる。

どんなものができるんだろう……楽しみだな。


そんなことを考えながら、いつの間にか僕たちは、眠りについて――

翌朝、目を覚ましたあと――

「…………えっと、ナギ」

「…………うん。リタ」

「おはようございますです。マスター！　リタさま！」

……気まずい。

いや、ラフィリアは無邪気なままだけど。

リタは生まれたままの姿だし、僕も、寝間着を羽織っただけの状態だし。

「うう……ナギだけじゃなくて、ラフィリアにも……あんな恥ずかしいところ見られて……どんな顔すればいいのよぅ」

「わかりました、リタさま。これをお使いください‼」

ラフィリアは『衣《い》のペンダント』を取り出した。

これは以前、人魚さんたちを助けたときにもらった、彼らの秘宝だ。

身につけると、自分のまわりに好きな服を作り出すことができる。ただし映像で、実体はないんだけど……。

「落ち着くまで、まずはこれで着ぐるみを作るです！」

「わ、わかったわ。ラフィリア！　てーいっ！」

リタは『衣のペンダント』を身につけた！

狼《おおかみ》っぽい『着ぐるみリタ』が現れた！

「これでマスターには、リタさまの肌は見えないです。恥ずかしくないはずです！」

「う、うん。私には服が見えないけど、なんとなく安心感はあるかな……？」

「試しに、マスターに抱きついてくださいです！」

「りょ、了解！　えいっ」

むにゅ。

僕の胸に、柔らかいものが触れた。

うん。そうだよね……『衣のペンダント』で、着ぐるみの映像を作ってるだけだからね。

そんなわけで――

「わぅ――――っ⁉」

朝の宿屋に、真っ赤《まか》になったリタの叫び声が響き渡ったのだった。

第16話「ミヒャエラ＝グレイスの贖罪《しょくざい》と、心優しいパートナー」

翌日。

僕たちはミヒャエラ＝グレイスと話をすることにした。

「……自分は、あの思念体に取り憑《つ》かれてから50年になります」

リビングの椅子に座ったミヒャエラ＝グレイスは、そう言った。

「『古代《エルダー》エルフレプリカ』は、エルフと同様に寿命も長いですから」

「それで、『白いギルド』の手伝いをしてたんですね」

「……『ギルドマスター』の補助と、アイテム作りと、ブラックスキルをばらまいていました。自分は……なんて罪深いことを」

ミヒャエラ＝グレイスは、悔しそうに唇をかみしめてる。

『古代エルフレプリカ』は、『古代エルフ』の残留思念を取り憑かせるために作られたらしい。だから、一度取り憑かれてしまうと、自分の意思では動けない。

その状態で50年って……ブラックにもほどがある。

自主退職も、逃げることもできないんだから。

「ミヒャエラお姉さんのせいではないです」

ラフィリアは、ミヒャエラの手を取った。

「あたしだって、マスターと出会ってなかったら、同じようになってたかもしれないですから」

「それでも、自分がしたことに変わりはありません」

ミヒャエラ＝グレイスはため息をついた。

「自分は……寿命が残っているうちに、昔住んでいたふるさとを訪ねてみるつもりです。そこを拠点にして……残った知識で、人のためになるアイテムを作り続けたい……そう考えています」

「しばらく、僕たちと一緒にいるのはどうですか？」

「いえ、なんというか……」

ミヒャエラ＝グレイスは目を伏せて、

「ずっと仕事ばかりだったので、ラフィリア＝グレイスやあなたたちが、いちゃいちゃラブラブしているのを見るのは、精神的につらいので……」

「ごめんなさい」

「謝られると困るのですが……」

「でも、体調は大丈夫なんですか」

「なんとかなるでしょう。アイテム作りは体力がいりますから、ちょっと大変ですけど」

「助けてくれる人がいれば、いいのですけどねぇ」

「そうでありますね」

ラフィリアとカトラスがうなずいた。

リタもレティシアも、シロも、心配そうな顔をしている。

「アイテム作りに詳しい人がいればいいのよね」

「わたくしたちでも、手伝いはできるのですけれども」

「知識と技術があって、親切な人がいればいいよねー」

「「「「そんな聖女みたいな人は……」」」」


ぽんっ。


僕たちは同時に手を叩《たた》いた。

「聖女デリリラさまに相談するのはどうかな？」

聖女さまは、アイテム作りを趣味にしてる。

使い魔のゴーレムくんたちがいるから、力仕事もできる。

それに、ミヒャエラ＝グレイスの持ってる知識は、聖女さまの役にも立つはずだ。

「ミヒャエラさん。僕たちの知り合いに、魔法やアイテム作りにくわしい、親切な人がいるんです。よかったら、会ってみませんか？」

「……いいのですか？」

「あなたはラフィリアの家族です。僕たちにとっても、家族みたいなものです」

僕はミヒャエラ＝グレイスの目を見て、言った。

「あなたは『白いギルド』の錬金術師《アルケミスト》として働かされてきました。そのことが心残りだというなら、世の中のために、聖女さまの手を借りてアイテム作りをするのもいいと思います。保養地の近くなら気候もいいですし、僕たちもすぐに様子を見に行けますからね」

『白いギルド』のことは、たぶん、ミヒャエラ＝グレイスのせいじゃない。

でも、本人が気になるなら、人のために働くのもいいかもしれない。

聖女さまの下でなら、ほどほどに、充実した仕事ができるはずだ。

「……では、お願いいたします」

そう言ってミヒャエラ＝グレイスは、深々と頭を下げた。

決定だ。

僕は言った。

「それで、最後に確認させてください」

「『白いギルド』を動かしていたのは『地竜アースガルズ』の残留思念でした。あの人は、勇者に殺された怒りから、勇者や貴族をブラック労働させていた。それを『錬金術師』のあなたが手伝っていた。それで間違いないですよね？」

「はい。その通りです」

「でも、『ギルドマスター』は、ブラックな仕事は勇者や貴族の望みだとも言っていたんです」

僕は『地竜アースガルズ』の言葉を思い出していた。

すべてのはじまりは、聖剣の勇者が召喚されたことだった。

その勇者が『地竜アースガルズ』を殺したことで、『白いギルド』は始まった。

「最初の勇者を召喚したのが王家だとしたら、今の王さまも宮廷魔法使いも、『白いギルド』と『古代エルフ』の計画を知っていたんでしょうか？」

「……間違いありません」

ミヒャエラ＝グレイスは、ため息をついた。

「自分も、王に会ったことがありますから」

「そうなんですか」

「王は『この方式は王家の伝統』だと言っていました。伝統なのだから、余計なことを考える必要はない。このやり方でうまくいっているのだから、変える必要はないと」

「王家が持ってる召喚魔法は、誰《だれ》が？」

「『古代エルフ』が作り出したものでしょう。人間用に」

だから、僕たちが持ってる『異世界の門を開くスクロール』も、古代語で書かれていなかった。

元々、人間が使うように作られたものだから、ってことか。

となると、このまま王さまを放っておいたら、また勇者が召喚される。

『白いギルド』も『錬金術師』も『古代エルフ残留思念』も、もういない。けれど、王さまは、同じシステムを繰り返すんだろうな。それが王家の伝統なんだから。

「今までこれでうまくいっていた！　だから仕事のやり方を変える必要はない！」っていうのは、僕も元の世界のバイト先で言われたことがあるから。パソコンのＯＳをヴァージョンアップした方がいい、って意見したときに。

もうサポートは切れてるはずだよな。あの職場、大丈夫かな……。

「じゃあ……僕が王さまに会うことはできますか？」

「ナギ⁉」「マスター⁉」「ナギさん？」「あるじどの⁉」

僕の言葉に、リタ、ラフィリア、レティシア、カトラスが声をあげる。

みんな僕と王さまとの関係を知ってるからだ。

シロは、ぽかん、としてるけど。

「決着をつけておきたいんです。この世界でのんびり生活と……子育てができるように」

「王と会うことは、可能です……」

ミヒャエラ＝グレイスは、小さな、銀色の筒を取り出した。

「これは錬金術師が王家と連絡を取るための書簡です。今回、『公式勇者部隊の出陣式典』が終わったら、錬金術師は王と言葉を交わすことになっていました。時期は……20日後、です」

「20日後か。ちょうどいいな」

まずは、『港町イルガファ』に帰ろう。

それから保養地に転移して、聖女さまとミヒャエラ＝グレイスを会わせる。

そうして準備を整えてから――王さまに会う。

……そういえば、雇い主に文句を言うのって、これがはじめてだ。

元の世界ではブラックな職場から逃げることはできても、対等な立場で話をすることはできなかった。いつも、あっちが圧倒的に強い立場だったからね。生活がかかってる身としては、逃げることを最優先にするしかなかった。労基署やハローワークを通して罰を与えてもらうのも、時間と手間がかかるから。

だから、ちゃんと話をするのは、これがはじめてなんだ。

準備を整えて、なにを話せばいいか考えて――もちろん、万が一の時の対策もして――

――きっちり、話をつけてみよう。

そんなことを考えながら、僕たちはまた、旅の準備をはじめたのだった。

――数日後、港町イルガファにて――


「「「「「やっと着いたー」」」」」

数日ぶりの『港町イルガファ』だ。

やっぱり家がある場所が一番――って、あれ？


「おい、聞いたか。この町によくない噂《うわさ》を流していた工作員のこと」

「知ってるぜ。どこかの貴族の手下だったようだな」

「ああ。倉庫街に火を放ったって話だろ」

「それが『海竜の使者』にこらしめられたそうだぜ」

「町が謎の霧に包まれたあの夜にな」

「なんでも、『海竜のお面』をつけた者にカウンターパンチを喰《く》らって、身体《からだ》の水分を抜かれた後で、巨大な水流に飲み込まれて、一網打尽にされたようだ」

「さすがは『海竜ケルカトル』さまだ。この町を守ってくださるんだな」

「「「「…………」」」」

僕たちは急いで屋敷に向かった。


「……勝手なことしてすいません。ナギさま」

「セシルちゃんは悪くないの。アイネが『暗躍しよう』って言ったの」

「作戦を考えたのはイリスです。責任はイリスに」

セシル、アイネ、イリスは、リビングのソファの上で正座してる。

3人とも、がっくりとうなだれてる。

「……まぁ、みんなが無事なら、それでいいよ」

僕は言った。

正直なところ、別に怒ってはいないんだ。心配しただけだからね。

「悪者は捕まえて、アイネたちに関する記憶は消したの」

「今はイルガファ領主家の方で、普通の犯罪者として捕らえております」

「そりゃまぁ、普通に放火犯だからね」

領主家としても、放ってはおけないだろ。

「そいつは単独犯なの？　それとも、誰かの命令を受けていた、とか？」

「わかりません。いまだ自供はしていないので……」

「はい！　あたし、わかりますー。その者は、王家の手先ですねぇ」

しゅた、と、ラフィリアが手を挙げた。

「『古代エルフ残留思念』さんがあたしに取り憑こうとしたとき、記憶をちょっといただいたのです。『公式勇者部隊の出陣式典』に出したお金が少ないということで、王家が罰を下すとか言ってたそうですよぅ」

「は、はい。妹の言う通りです」

ラフィリアの言葉に、ミヒャエラ＝グレイスがうなずいた。

そういえば、２人は『古代エルフ残留思念』がしてたことを、ある程度は知ってるんだよな。

「……ナギさま。このエルフさんは？」

「……ラフィリアさまに、お姉さんがいらっしゃったのですか？」

セシルとイリスは、不思議そうな顔をしてる。

ちなみにアイネはその辺こだわらないようで、お茶を淹《い》れに行ってくれてる。

「紹介するよ。この人はミヒャエラ＝グレイス、ラフィリアと同じ『古代エルフレプリカ』だ」

詳しい話は、お茶を飲みながらすることにしよう。

「そういうことがあったのですか……」

話を聞いたあと、セシルは感心したようにつぶやいた。

ミヒャエラ＝グレイスも、興味深そうにセシルを見てる。

「自分にも、あなたが特別だということがわかります。『古代エルフ残留思念』の知識によると……あなたは、魔族の生き残りなのですね」

「はいはい。あたしもわかるですよぅ」

やっぱり、ミヒャエラ＝グレイスにもわかるのか。

ところでラフィリア。君は最初から知ってるよね？

「知識の中にあります。王家のシステムには、魔族も関係していた……と」

「魔族が、ですか？」

「協力していたというわけではないようです。すいません。自分の知識も断片的なもので」

ミヒャエラ＝グレイスは額を押さえた。

旅の後だから、やっぱり、疲れているみたいだ。

「今日は休んだ方がいいよ。ミヒャエラさん」

「いいえ……自分は、すぐにその聖女さまのところに行きたいのです」

「無理しなくても……」

「自分はいつまで生きていられるかわかりません。その間に、聖女さまに、知識を役立てていただきたいのです」

決意は固そうだった。

僕たちは、すぐに聖女さまのところに向かうことにした。

幸い、この屋敷の『転移ポータル』は、保養地の別荘に繋《つな》がってる。日帰りも可能だ。

「じゃあ、ちょっと行ってくるね」

「ではでは、今度はイリスがお付き合いいたします」

「アイネもついていくの」

イリスとアイネが手を挙げた。

セシルは、なんだかうるんだ目で僕を見上げてる。

たぶん、僕と一緒に出かけたいんだろうけど――

「セシルには、後で、僕に付き合ってもらうよ」

「……え」

「僕は王さまと決着――というか『労働条件に関する団体交渉』をするつもりだから」

「『ろうどうじょうけんにかんするだんたいこうしょう』ですか？」

「その時、セシルの力が必要になるんだ。だから、今は休んでいて」

僕はセシルの手を取った。

セシルは、目一杯の笑顔を浮かべて、

「はい。ナギさまっ！」

そう言って、うなずいてくれたのだった。

その後、僕とアイネとイリスは、ミヒャエラ＝グレイスを連れて、聖女さまの元へ。
話を聞いた聖女さまは――

『デリリラさん、義憤に駆られたよ――――っ‼』

まるで自分のことのように、怒ってた。


『「古代エルフ残留思念」が、ラフィリアくんの家族をこき使ってたって⁉　そのせいで、勇者が世界で暴れてて……しかも「白いギルド」とかいう組織ができるきっかけになったのも「古代エルフ」なんだよね。いくらなんでもひどいよ。デリリラさん、怒ったよ――っ！』

「落ち着いてください。聖女さま」

ミヒャエラ＝グレイスも呆然《ぼうぜん》としてるからね。

というか、彼女は聖女デリリラさまのことを知ってた。

『古代エルフ残留思念』の知識だろうな。

聖女さまが過重労働してたのも王家のせいだから、残留思念が知っててもおかしくない。

『なんだい！　ナギくんは怒らないの⁉　こんなひどい話を聞いて、怒らないのはおかしいよ‼』

「……そのあたりは、責任者《王さま》とたっぷり話をするつもりですから」

システムを作ったのが『古代エルフ』だとしても、それを利用してきたのは現代の王家だ。

その責任は王さまにある。

じっくりと、話を聞かせてもらおう。

可能な限り、対等な立場で。

『……ごめん。デリリラさん前言撤回だ。ナギくん、むちゃくちゃ怒ってるんだね』

「ふつうですよー」

『棒読みなのが逆にこわいよ！　やめてよ！』

「それより聖女さま。ミヒャエラさんのことですけど」

『もちろん、協力するよ。つぐないのために力を使いたいというなら、協力しないわけがないじゃないか！』

ゴーストの聖女さまは、空に向かって拳《こぶし》を突き上げた。

「ありがとうございます……聖女デリリラさま」

ミヒャエラさんは、深々と頭を下げてる。

それから、僕たちの方を見て。

「あなた方にもお礼を言わせてください。自分を『古代エルフ』が定めた運命から解放してくださったこと……幾重にも感謝します」

「いえ、僕たち自身のためでもありますから」

『勇者と魔王システム』を放っておくわけにはいかなかった。

終わらせることで、『地竜アースガルズ』へのたむけにもなったと思うから。

「自分はここで……知っていることすべてを、聖女さまにお伝えします」

『で、デリリラさんはいつか、ナギくんたちにその知識を伝えるわけだねー』

聖女さまは、にひひ、と歯を見せて笑った――って、え?

「あの、どうしてそんな話になるんですか?」

『だって、デリリラさんだって、いつか転生するもんね。知識を受け継ぐ者が必要じゃないか』

「でも、僕たちはその知識を、自分たちの快適生活のために使いますよ」

『うん。それでいいんじゃないかな』

聖女さまはすっきりした顔で、笑った。

『君たちが幸せでいることは、デリリラさんの願いでもあるからね。それに――』

「それに?」

『幸せな君たちを見てたら、きっと他の人たちが、その秘訣を聞きに来るよ。そしたら君たちは、デリリラさんとミヒャエラくんの知識を、その人たちに伝えてくれないかな。みんなが、幸せになれるように』

「お願いします。ラフィリアのご主人様」

『君たちの次は、その子どもたちが。そのまた子どもたちが――ね。そうすればこの世界も、ちょっとは良くなるかもしれないからねー』

ほんと。聖女さまには敵《かな》わないな。

僕とアイネとイリスは、顔を見合わせて、笑った。

「わかりました。おふたりの知識は僕たちが有効活用して、それを必要とする人たちに伝えます」

『うん。約束だよ?』

聖女さまが僕に向かって手を伸ばした。

僕は、聖女さまに小指を差し出した。

「僕の世界には『ゆびきり』という儀式があるんです」

『そうなのかい？』

「『契約《コントラクト》』に縛られてた聖女さまに、同じような『契約』はしたくないですからね。僕の世界のおまじないで、約束をしましょう」

『面白い。デリリラさんもそういうの、興味があるからね』

それから僕と聖女さまは、小指を絡めた。

ぎこちなく「ゆーびきーりげんまーん」と声を合わせて、「ゆびきった」。

それから、僕も聖女さまも、みんなも笑って。

僕たちは聖女さまとミヒャエラさんに手を振って、聖女さまの洞窟《どうくつ》を出たのだった。

第17話「ナギと王家の『決着』と、古き遺産の引き継ぎ」

――20日後、王家――


リーグナダル王国、国王リカルド＝リーグナダルがその地にたどりついたのは、日暮れ前だった。

場所は王都の北にある、古き塔。

その場所は国王の他には一部の者しか知らない『錬金術師《アルケミスト》の研究施設』だ。

馬車がやっと通れるだけの、森の中の細い道。

そこを国王を乗せた馬車が進んでいた。

前後には鎧《よろい》をまとった兵士が、国王の隣には純白のローブをまとった魔法使いがいる。

彼らは錬金術師ミヒャエラ＝グレイスに会うため、塔に向かっているのだった。

「……どうしてこんなに、予定が狂っているのだ？」

国王、リカルド＝リーグナダルが吐き捨てる。

「『公式勇者部隊の出陣式典』の後、メテカルは魔王軍によって襲われるはずだった。そして我々によって選ばれた勇者が、魔王軍の尖兵《せんぺい》を討伐するはずではなかったのか⁉」

「陛下、お声をお静めください！」

宝石がちりばめられた、馬車の中。

魔法使いが冷や汗を流しながら、国王をいさめる。

お忍びの旅だった。

『白いギルド』と『勇者と魔王システム』のことは、国王と専属の魔法使い、数名の近衛兵《このえ》しか知らない。

もちろん、城の兵士は『勇者召喚』に立ち会っている。

だが彼らは、本当に魔王と魔王軍が存在すると思っているはずだ。

魔王とは特殊なスキルによって変化した勇者で──彼らは、王国を安定させるため、互いに戦い合うものだということなど、想像もしていないだろう。

もちろん、それで構わない。

真実を知るのは、高位にある者だけでいい。

これまではそれで、何も問題はなかったのだから。

「……なのにどうして、こうもうまく行かないのだ」

「……わかりません。『魔王軍』は現れず、ふたりの公式勇者も失踪してしまいました。彼らはミルフェ子爵の下へ行ったという記録が残っておりますが、子爵家を捜索しても、なにも……」

「手がかりは、その書簡のみか」

国王は、魔法使いの手の中にある銀の筒を見た。

あれは『白いギルド』と国王が連絡を取るための魔術具だ。

自動的に飛行し、王の元へと届くようになっている。

今回入っていた手紙の内容は『我が研究施設にお越し下さい。そこで事情をお伝えします』。

――それだけだ。

「代々伝わってきた儀式を、我が代で終わらせるわけにはいかぬ。そんなことになったら、ご先祖に顔向けができぬ」

「お心、お察しいたします」

「だいたい、最近の勇者が悪いのだ」

国王リカルド＝リーグナダルは歯がみする。

「要求ばかりで、こちらの意を察することもできぬ。あんな様子では、元の世界でもろくなものにならなかったであろうよ」

「この世界に召喚したのは、陛下の慈悲ですのに」

「それがわからぬ者たちだからな……着いたようだ」

馬車が停《と》まった。

場所は、塔の前にある平地だ。

目の前には、4階建ての塔がそびえ立っている。

古いものだ。だが、数百年間、王と国を、陰で守り続けてきたものでもある。

現国王がこの塔に入ったのは、数回だけだ。

塔の中には錬金術の素材や、国王には用途のわからない機材などが並んでいた。触ればなにが起きるかわからない。それが恐ろしくて、すぐに飛び出してきたことを覚えている。

塔の周囲だけ森が切れて、土がむきだしの平地になっている。

さらにそのまわりは、背の高い樹木だ。

ここがまわりから隔絶された地であることが、よくわかる。

「偉大なる王、リカルド＝リーグナダル国王陛下のお成りである‼」

魔法使いは馬車を降りて、叫んだ。

同時に、『灯り《ライト》』の魔法を発動させる。一瞬で、まわりに数個の光の球が生まれる。

代々国に仕えてきた魔法使いの力に、おお、と、兵士たちが声を漏らす。

魔法使いは満足そうに胸を反らし、砦《とりで》を見上げる。

「錬金術師ミヒャエラよ‼　ここに来て陛下をお出迎えせよ‼」

魔法使いが叫んだ瞬間——塔に、光が灯《とも》った。

場所は最上階。その窓際に、仮面を被《かぶ》った男性が立っていた。

「——誰だ貴様は⁉　ミヒャエラではないな⁉」

魔法使いの声を聞いて、兵士たちに緊張が走る。

彼らは一斉に、塔に向かって盾を構える。そのまま馬車を守る位置に移動し、壁となる。

「魔法が使える者は陣の後ろで発射準備！　陛下の退路を守るのだ！」

さらに、マントをつけた近衛兵が、兵士たちの背後に集まる。

最後に魔法使いが手を振ると、馬車の上に旗が翻った。

『リーグナダル王国』の国王の馬車であることの証《あかし》だ。この旗を見て、道を空けない国民はいない。

「塔にいる者よ！　この御旗《みはた》が見えるであろう‼」

魔法使いは叫んだ。

「この旗に矢を射ること、攻撃を加えることは、国そのものを敵に回すことと心得よ！　貴様が何者かは知らぬが――」

「こちらに敵対の意思はない」

宮廷魔法使いの言葉を遮り、仮面の男性は言った。

「こちらの目的は――『勇者と魔王システム』についての話をすることだ」

「――なに⁉」

国王、それに魔法使いに緊張が走った。

「貴様は何者なのだ⁉　一体、なにを知っている⁉」

馬車の中から、国王の叫び声が響いた。

その声が聞こえたのか、男性は馬車の方に顔を向けた。

「すべて知っている。『白いギルド』と『ギルドマスター』のことも。かつての王が、聖剣使いの勇者を活用するために、人間の味方だった地竜を殺したことも。『古代エルフ』が錬金術師を操り、勇者にアイテムとスキルを供給していたことも」

「――ぐぬ」

「もちろん、そのシステムを王家が利用していたことも知っている」

塔の男性の表情はわからない。彼の仮面は、金属の面に目鼻が開いているだけのものだ。

けれど、それが恐ろしい。

相手の表情が見えず、考えも見えず、ただ事実だけを告げてくる。

そんな相手に、王も魔法使いも、今まで出会ったことがなかった。

「貴様の目的は⁉」

黙って聞き続けることに、耐えられなくなったのだろう。

国王リカルド＝リーグナダルが馬車を降り、仮面の男性に向かって叫んだ。

「そのようなデタラメを告げる目的はなんだ⁉」

「デタラメなら、どうしてあなたがここにいる？」

返ってきたのは、シンプルな答えだった。

「こちらは『白いギルド』の錬金術師と同じ方法で、王に連絡を取った。王本人がここにいるということは、その連絡方法は正しかったということだ。つまり王家は『白いギルド』と――」

「貴様は何者だ⁉」

「陛下のおっしゃる通りだ。名も名乗れぬ者が、陛下に直言するなど死に値する‼」

王の言葉に遅れて、宮廷魔法使いが叫んだ。

同時に、周囲の兵や魔法使いたちも声をあげる。

――王を見下ろすなど許しがたい。不遜の極み。まずは降りてきてひざまずけ。

――ああ、偉大なるリカルド＝リーグナダル陛下。王の名と力はあまねく行き渡る。

――この国に王以上のものはなし。

――その王を見下ろし、直言できる者がこの世にいるはずがない！

兵士たちの声を聞いた王と宮廷魔法使いは、胸を反らした。

無言で、仮面の男性の返事を待つ。

これで王の威光は通じたはず。許しを請い、降りてくるはず――

「こちらは『天竜の代行者』だ」

塔の男性は言った。

「――――!?」

王と宮廷魔法使い、そして、兵士たちの声が止まる。

『天竜ブランシャルカ』――それはこの世界の人間を守り続けた、神にも等しい存在だ。

その代行者を名乗る者がいることも、王と宮廷魔法使いは知っている。

だとすれば、この者に王の威光は通じない。

「目的は『勇者と魔王システム』と『勇者召喚』を止《や》めさせること。そのために話がしたい。この場でだけ身分と立場を超えて、お互いのメリットとなるように」

男性は語り続ける。

だが、王も宮廷魔法使いも、その言葉は聞いていなかった。

この相手に王の権力は通じない。だとするなら、やるべきことは決まっている。

「――――攻撃せよ」

王は手を振って、兵に命じた。

「殺すな。地下牢《ちかろう》で態度を改めさせてから尋問する。背後にいるものについても吐かせるのだ」

「はっ」

宮廷魔法使いと、魔法を使える近衛兵たちが詠唱を始める。

接近戦専門の兵士たちは陣形を整え、砦の入り口に向かう。

古い塔だ。建て付けが悪いのか、扉は開いたままだ。

整備もされていないのだろう。入り口からは水があふれ出している。それが砦に続く段差から石畳まで広がって、大きな水たまりを作っている。中での戦闘となれば、錬金術師の機材を壊してしまうかもしれないが、やむを得ない。塔を占拠している敵に奪われるよりもましだ。

「近衛兵たちは攻撃魔法を一斉発射。他の兵は砦に突入し、敵を制圧せよ！」

「了解です。宮廷魔法使いさま！」

「放て‼」

宮廷魔法使いと近衛兵たちが、一斉に魔法を発動させる。

使用するのは殺傷能力の低い、風系統の魔法だ。

真空の刃《やいば》、圧縮空気弾、雷撃。

それらが砦の４階にいる男性に向かって殺到し――

「いじめるなーっ！　『しーるどっ』！」

空中に生まれた半透明の『円形の盾《ラウンドシールド》』に防がれた。

「「「なにいいいいいいっ⁉」」」

「「「ぐ、ぐがあああああああっ⁉」」」

同時に、別の兵士たちから悲鳴があがった。

国王と宮廷魔法使いが見ると――砦に向かっていた兵士は全員、足を押さえてうずくまっていた。

「な、なんだ……やめろ。足が、足があああああ」

「足から……水分が出て行く。なんだこれはっ⁉」

兵士たちは全員、水たまりの中でうずくまっていた。

「ひぃぃ」「ひぇ」という悲鳴が聞こえる。

痛みのあまり、靴を脱いでいる者もいる。

その者の足からはなぜか、血が混じった水が流れ出ていた。それが水たまりに注いでいくのだ。

「ここは通さないの──『汚水増加《おすいぞうか》』」

塔の入り口近くから声がした。

魔法使いたちは攻撃目標を変える。声の主に向けて、魔法を放とうとする。

だが──


「──全員、魔法の使用は禁止します。『古代語魔法　堕力《だりょく》の矢』──拡散モード‼」


無数の黒い矢が、魔法使いたちの頭上から降り注いだ。

一瞬、全員が死を覚悟した。

だが、違った。痛みも傷もない。

「──魔法が、使えない⁉」

「──体内の魔力が消失している？　なぜだ⁉」

「──宮廷魔法使いさま！　なにが起きたのですか⁉」

近衛兵たちが悲鳴をあげる。

宮廷魔法使いにも、なにが起きたのかわからない。

黒い矢が降り注いだ瞬間、彼らの魔力が一斉に消えてしまったのだ。こんな魔法はありえない。

ありえるとしたら『古代エルフ』か、とっくに滅んだはずの魔族——


『礼儀を知らぬ者たちよ。それが一国を預かる王と、その配下か』


不意に、目の前に白い影が浮かんだ。

ほのかに光を放つそれは、やがて、翼を広げた竜の姿に変わる。

「『天竜ブランシャルカ』——だと⁉」

「馬鹿な！　こんなものは、偽物に決まっている」

馬車に一番近い位置に控えていた近衛兵が、剣を抜いた。

「我が剣技で消し去ってくれる——『我は王を守る盾。我は王の敵を討つ刃』——」

「……その名乗り聞いたですぅ。発動『武術無効』」

「喰《く》らえ！　『忠誠斬《ロイヤリティ・ブレイク》』‼」

近衛兵の長剣が、空気を裂いた。

それは見えない刃となり空中を走り——消えた。

「な、なんだとおおおっ⁉」

「……このスキルの前で、名乗りをあげてはいけないですよぅ」

近衛兵はがっくりと膝を突く。魔力切れだ。

「…………こちらは、平和的な会話を望んでいるのですよ」

その頭上に――ふわり、と、半透明の少女が現れた。

顔には、やはり仮面を被っている。

灰色の髪が、まるで翼のように揺れている。

少女は体重のない者のように空中を漂い、国王の頭上で止まる。

「偉大なる王、リカルド＝リーグナダル陛下。我があるじどののお話を聞いてくださいな」

「……お、お前は」

「いつか生まれる私たちの子に『おじいちゃんは恥ずかしい人だった』と言わせないでくださいませ。お父さま」

そう言って少女は、砦の方へと戻っていく。

「待て！　誰《だれ》だ。お前は誰なのだ⁉」

国王は思わず叫んでいた。

顔は見えなかった。だが、その目には見覚えがあった。

十数年前、側室の使用人に――たわむれに手を出したことがあった。生まれた子どもは遠くにやったはずだ。その子の行方《ゆくえ》は知らない。

なぜ今、そのようなことを思い出すのか――⁉

「……話を、聞こう。『天竜の代行者』よ」

「陛下⁉」

「ただし、我はこの国の王だ。それをわきまえた上で話すがよい‼」

「こちらの目的はシンプルだ」

砦の上層に立つ男性――『天竜の代行者』は言った。

「『勇者と魔王システム』を廃止して、来訪者の召喚を今後一切しないと『契約《コントラクト》』せよ。『白いギルド』の管理下にない勇者が助けを求めてきた場合は、生活の保障をしろ。それだけだ」

「……ふざけるな」

国王は吐き捨てた。

「システムと勇者召喚は、先祖代々より受け継いだ儀式だ。捨てることなどできるものか！」

「身勝手に召喚された者の身にもなってみろ」

「……なんだと」

「なにも知らない異世界に突然喚《よ》び出され、一方的な情報を与えられて、むりやり仕事を押しつけられて――それじゃ勇者が暴走するのも当然だ。少しは雇われる者の立場になって考えてみろ‼」

「甘えたことを抜かすな‼」

だん、と、国王は地面を踏みならした。

「勇者召喚が罪だと言うなら、非難は甘んじて受けよう！　だが、仕事は仕事だ。勇者として召喚され、一度はそれを引き受けたのなら、仕事を果たすのは当然であろう！」

「業務の説明が十分じゃない。仕事を拒否する権利もない。状況も不利。それでまともな契約と言えるか⁉」

「能力のある者なら、どんな環境でも力を発揮できるものだ‼」

「陛下のおっしゃる通りだ‼」

国王に続いて、魔法使いが声をあげた。

「やる気と能力さえあれば、どんな場所でもやっていける！　事実、陛下のご先祖は、いちからこの国をお作りになられたのだ‼」

――そうだ！

――陛下のお言葉は正しい！

――我々、近衛兵も、能力があるから今の地位についたのだ！

さらに、近衛兵たちも叫び始める。

賛同者に囲まれた国王は、満足そうな顔で、

「この者たちの言う通りだ。すべては『来訪者』に能力がなかったゆえの問題。わしならば、どのような場所でも、裸一貫からのし上がってみせようぞ‼」

「わかった。じゃあ、異世界に行け」

冷えた声が、響いた。


次の瞬間、国王と兵士たちの周囲が、光を放った。


「――――なに⁉」

地面に、奇妙な模様が浮かび上がる。

それを見て、国王と宮廷魔法使いは似たような模様を思い出す。

「これは、勇者召喚の魔法陣――!?」

「いえ、似ているけれど違います。これは――!?」

同時に、空中に裂け目が生まれた。

その場にいる者は、頭上を見た。

そこに映っていたのは、見知らぬ世界の風景だった。

「あんたは言ったよな。自分なら、どのような場所でも、裸一貫からのし上がっていけるって。だったら、そうしてもらおうか」

『天竜の代行者』の声が響いた。


「これは『異世界への門を開く』魔法だ。あんたたちには、勇者たちが元いた世界に行ってもらう」


「――――ひぃっ!?」

「待て、待って、待ってくれえええええっ!!」

「ちなみに、向こうの世界には魔法はない。武器を持ってると捕まる。あんたたちに『異世界言語』のスキルがあれば、向こうの人たちと意思を通じ合わせることはできるだろう」

国王たちを絶望が包み込む。

彼らは魔法陣から逃げようとする。が、身体《からだ》が動かない。

いつの間にか、小さな鎖が手足に絡みついている。そういえばさっきから、奇妙な歌が聞こえる。

『天竜の代行者』の隣に、獣人らしい影があるのが見える。歌っているのはそれだ。

「あんたたちの成功を願うよ。国王、リカルド＝リーグナダル陛下。それじゃ」

「やめてくれえええええええええっ‼」

国王は絶叫した。

身分も、立場も、地位も関係なかった。

異世界へ行けば、そのすべてを棄《す》てることになる。ならばそんなものに意味はない。

まるで小さな子どものように泣きじゃくりながら、国王リカルド＝リーグナダルは哀願する。

「わしが悪かった！　間違っていたことがわかった！　だから『契約』する！『勇者と魔王システム』と勇者召喚をやめる。わしと、この宮廷魔法使いが誓う。だから、だから――‼」

「異世界に送るのはやめてください。どうか、どうかぁ……」

がんがん、がん。

兵士たちが見守る中、国王と宮廷魔法使いは、地面に額を叩き付けた。

しばらく、時が過ぎた。

時間にして、数十秒。

「『契約』しろ。そうすれば解放する」

『天竜の代行者』はつぶやいた。

魔法陣の光が、消えていく。異世界の風景が、見えなくなる。

国王と宮廷魔法使いは『契約のメダリオン』を掲げた。

「わ、わかった、『契約』する！　勇者召喚のスクロールも差し出す！　だから、この世界から追放するのはやめてくれ。国王リカルド＝リーグナダルとして……頼む」

国王たちは平伏《ひれふ》しながら、そのように宣言したのだった。

――ナギ視点――


「それじゃ行ってくる」

僕はセシルとリタに向かって言った。

ここは、錬金術師ミヒャエラ＝グレイスが使っていた研究施設だ。

2階まで吹き抜けになっていて、壁には研究素材や、資料なんかが並んでいた。

けど、今はがらん、としてる。

必要なものはミヒャエラ＝グレイスに聞いて、全部運び出したからだ。

僕がいるのは最上階。４階の窓際。

ここから、僕は国王陛下と話をしていた。

兵士を連れてくると思ってたから、対策はした。

彼らの魔法を防いだのは、シロの『しーるど』。魔力を奪ったのはセシルの『堕力の矢』。

砦の入り口にはアイネがいて、『汚水増加』で兵士が来るのを止めてくれた。

2階の部屋にはイリスとラフィリアがいて、天竜の幻影を作り、敵の技を打ち消してくれたんだ。

「王さまと決着をつけてくるよ。シロに防御をお願いしてるから、たぶん、大丈夫だと思う」

「ご一緒してはいけないですか……ナギさま」

「(こくこく)」

セシルが言った。

隣では『束縛歌唱《ソング・オブ・バインディング》』を発動中のリタがうなずいてる。

「相手は王さまだからね。素性がわかるといけない。話をする人間は、少ない方がいいんだ」

「でもでも……」

「大丈夫。セシルはいざとなったら『古代語魔法　灯り』で、敵の目をくらませて。そしたらシロの『ふらい』で逃げよう」

「…………はい」

セシルは少しためらってたけど、最後には、うなずいてくれた。

「それから、最後にすることは、わかってるよね？」

「……わかってます。ナギさま」

「ミヒャエラもそうして欲しいって言ってた。これはセシルにしかできないことだから」

僕は塔の階段に向かった。

入り口では、王さまと魔法使いが待っている。

ふたりの魔力は奪った。兵士たちはリタの『束縛歌唱』で拘束してる。

みんなが僕をサポートしてくれてる。なんとかなるはずだ。

そうして僕は、階段を降りて――


「お初にお目にかかる。リカルド＝リーグナダル陛下」

僕をこの世界に召喚した国王と魔法使いに、再会したのだけど――


「…………へ？」

国王と魔法使いが、目の前にいた。

ひざまずいてた。

まるで僕の方が、偉い人間でもあるかのように。

「――初めてお目にかかる。『天竜の代行者』よ」

国王さんは言った。

「貴公が『天竜ブランシャルカ』に遣わされた者だということがよくわかった。貴公の言い分も理解した。『契約』をしよう」

「こちらが――『異世界召喚スクロール』でございます」

宮廷魔法使いは、丸めた羊皮紙を捧《ささ》げ持ってる。

『異世界への門を開くスクロール』にそっくりなものだ。

「本物であることは……魔法に詳しい者であればおわかりかと」

「……失礼する」

僕はスクロールを受け取った。

国王と魔法使いから目を離さずに階段を登り、踊り場に控えていたアイネに、スクロールを渡す。

しばらくして、「OKなの」と返事がくる。セシルとラフィリアが、確認してくれたみたいだ。

「本物のようだな。ならばこれで『勇者召喚』の歴史は終わりだ」

「……貴公に問う」

国王さんは顔を上げた。

「貴公は、この世界について責任が取れるのか？」

「責任とは？」

「恥を忍んで申し上げよう。かつて——我が王家は、『契約の神』に誓ったのだ。古《いにしえ》の種族の力をわがものとする代わりに、王家としてこの国を、あらゆる手段を尽くして治める——と」

「古の種族——もしや『古代エルフ』か？」

「それと、魔族だ」

国王は首に提げていたアミュレットを外した。

銀製で、ふたつの宝石が埋め込まれている。

「これが王家に伝わる『宝珠』である。これを古の種族から奪い、我らはこの国を作った」

「魔族と、『古代エルフ』から……？」

「伝承では、『古代エルフ』は個体数も少なく、王家に従うことを選んだ。魔族は自由を愛する種族だったがゆえに——宝珠を奪うしかなかった」

「——魔族を滅ぼしたのも王家か？」

「違う！　あの者たちは、自由を愛するがゆえに、人になじまなかった。だから町を追われ、森の中で生きることを選んだのだ。この宝珠は、彼らが人の世界から消えたときに、奪ったもの」

国王は途切れ途切れで、話を続ける。

「我が祖先は、これを手にして――民の前で誓ったのだ。『古代エルフ』と魔族の承認を得て、この世界を預かる。この国を治めて、安定させると。それを神に誓ったことで『契約』として発動した。祖先は本当に、この国を真面目《まじめ》に治めるつもりだったのだ。だが、一部の子孫が――安定のためのシステムを作り出した」

「それが『勇者と魔王システム』と『勇者召喚』か」

「この宝珠に能力はない」

地面に置かれた宝珠は、ただ、光っている。

触れてみても、なんの能力も感じない。

ただの『契約』のための媒体のようだった。

「だが、これを『古代エルフ』と魔族に返さぬ限り、王家は『契約』に縛られる。国が乱れたとき、我々とその子孫は『不眠の呪《のろ》い』に苦しむことになるのだ。王家がそのようなことになったら……国はどうなる？」

「不安定になるだろうな」

「それどころか、舵取《かじと》りを失って滅ぶかもしれぬ。貴公に、その責任が取れるのか⁉」

「できるよ。これを、魔族と古代エルフに返せばいいんだろ？」

魔族――セシルは、すぐそこにいる。

『古代エルフ』――ラフィリアも、いる。

ラフィリアの場合はレプリカだけど、『古代エルフ』の子孫のようなものだ。

たぶん、『契約』の解除はできるはず。

「魔族と『古代エルフ』に渡せばいいんだな？」

「あ、ああ」

「渡すだけでいいのか？」

「あ、ああ。さらに、２つの種族の故郷に戻せば、この宝珠の中に眠る、魔族と『古代エルフ』の代表者の意識が甦《よみがえ》るという伝説もある。『契約』が終わったことも、確認できるはずだ」

「わかった。じゃあ、このアミュレットは僕が引き継ぐ」

「あ、ああ……本当に⁉」

「なんとかする。その代わりに、あんたは次のことを『契約』してくれ」

頭の中で『契約』内容を再確認する。

たぶん、大丈夫。これでいい。

緊張するな。この国の王さまとの契約だ。

初めての団体交渉だから、慎重に行こう。

「こちらはこの宝珠を『魔族』と『古代エルフ』の後継者に渡す。そちらは二度と『勇者召喚』を行わない。『勇者と魔王システム』を棄てる」

スクロールはもらってるから、勇者召喚はできない。

けど、向こうに知識はあるからな。

念のため、『契約』しておこう。

「さらに、王家や貴族が人々をブラック――不当に働かせることをやめさせる。すぐには無理だろうけど、王家の方で規制を出してくれればいいよ」

「……わかった」

「最後に、僕たちのことは誰《だれ》にも伝えない。あなたたちは『契約』して、兵士たちにはあなたたちが責任を持ってそれを守らせる。これでどうだろう」

僕は言った。

国王と魔法使いは、顔を見合わせていた。

小声で、『契約』内容を確認してる。

「わかった……仕方あるまい」

国王リカルド＝リーグナダルは、長いため息をついた。

「「『契約《コントラクト》』」」

そうして僕たちは『契約のメダリオン』を打ち鳴らした。

これで、こっちの仕事は終わりだ。

「それじゃ、これで失礼します。リカルド＝リーグナダル陛下」

「待て」

階段を登ろうとした僕を、国王が呼び止めた。

「……貴様は、本当に『天竜ブランシャルカ』の使いなのか……？」

「何者なのだ⁉　どこから来た。お前のようなスキルを持つ者を、我々は知らない」

「『天竜の代行者』は──何者でもないよ」

見下ろした国王陛下は、本当に、小さく見えた。

最初に出会ったときは宝石をちりばめた玉座に座ってた。

情報を握って、僕たち『召喚者』を自由に操ろうとしていたんだっけ。

ただ、王さまが召喚してくれなければ、僕はみんなと出会えなかった。

それだけは、感謝してる。

「──仕事が終われば、ただ、ごろごろするだけの無能に戻る。そういう者だよ。それじゃ」

僕は階段を駆け上がる。

途中でアイネ、カトラス、イリス、ラフィリア、シロと合流して──

4階で、セシルとリタと合流して──

そのまま、兵士たちがいるのと逆方向の窓から、飛び出した。

「それじゃ逃げよう。みんな！」

「使うであります。『聖剣ドラゴンスゴイナー』‼」

「変身だよーっ！　天竜モード‼」

カトラスの聖剣が光を放つ。

シロの服が弾《はじ》け飛び、真っ白な竜の姿になる。

僕たちはその背中に乗って舞い上がる。

高く高く、国王たちが小さく見える位置まで。充分な距離を取って。

イリスがスキル『幻影舞台《ステージ・オブ・イメイジング》』を発動させる。僕の幻影を作って、地上の王さまたちに声を届けてくれる。拡声器みたいに、大きな声で。

「塔から離れよ――！　『白いギルド』も『勇者と魔王システム』も終わった。古き種族に作られたものは、役割の完結を望んでいる！　この場所はもう、必要ない。離れよ‼」

竜になったシロが、少しだけ高度を下げる。

その姿に怯《おび》えたのか、王さまと兵士たちが森の中へと逃げて行く。リタが『気配察知』で安全確認。誰も近くにいない――そう告げる。

だから僕は、セシルに合図した。

「セシル、頼む。この施設はもう、この世界にない方がいいから」

「わかりました。ナギさま」

セシルはシロの背中で細い腕を掲げ、呪文《じゅもん》の詠唱を始める。

僕はその手に、自分の手を重ねる。

これで『白いギルド』も『古代エルフの計画』も終わりだ。

『勇者と魔王システム』も消える。かつてこの地を追われた、魔族の少女の手で終わらせる。

「「発動！　『古代語魔法　火球《ファイアボール》』‼」」


塔を、巨大な火球が包み込んだ。

古代語魔法の豪炎が、石を焼き、塔を崩していく。

大丈夫。必要なものはすべて、聖女さまの洞窟《どうくつ》に移動してある。最後に残ったものも、アイネのスキル『お姉ちゃんの宝箱』に収納済みだ。あとはもう、必要のないものだけ。


「…………おぉ」

「…………これが『天竜ブランシャルカ』の怒りか……」


地上で王さまと宮廷魔法使いがうめいてる。

竜の姿のシロは『みんなの怒りは、シロの怒りだよー』って笑ってる。

錬金術師の塔は炎の中で、ゆっくりと、崩れていく。

それを確認して、僕たちは王さまたちとは逆方向に向かった。

山を越え、『港町イルガファ』に通じる街道に向かう。

そこには馬車が停まってる。隣にレティシアがいる。手を振ってる。

『レティシアさん、みーっけ』

「シロ。あそこに降りて」

『わかったかとー！』

竜モードのシロは、ゆっくりと地上に降りていく。

翼をすぼめて、気持ち良さそうに身体《からだ》を伸ばしながら。

そうして、僕たちはその背中から飛び降りた。

「お待ちしてましたわ！　ナギさん」

「馬車の見張りありがと。レティシア」

「こちらはなんてことないですわ。それより――終わりましたの？」

「終わったよ」

僕はみんなの前に『王家のアミュレット』を示した。

その中にある、ふたつの宝珠。

黒いものをセシルに、白いものをラフィリアに渡す。

「黒いのが魔族の宝珠。白いのが古代エルフの宝珠だよ」

「これが……魔族の？」

「そういうものがあったのですかぁ」

ふわり、と、宝珠が光を放った。

反応したってことは、魔族と古代エルフの後継者の元に返った、ってことで、間違いなさそうだ。

「これで『契約』は解除になったはずだけど……魔族と古代エルフの都にも、行ってみたいな」

宝珠を魔族の都と、『古代エルフ』の都に返すことで、昔の人たちと話ができるらしいから。

代表者の記憶が残ってるなら――昔の話も聞いてみたい。

もしも意識があって会話ができるなら、セシルとラフィリアのことも報告したいからね。

……子どものこととか、僕がラフィリアを書き換えちゃったこととか……実際に話すことを思うと、かなり照れるんだけどさ。

「と、とにかく、けじめとして行ってみたいんだ」

「そうですね。なにか、面白いものが残っているかもしれません」

セシルは宝珠を手にしながら、片手でお腹《なか》に触れてる。

宝珠の光を、僕たちの子どもにも映してるみたいだ。

「魔族の都の位置については『地竜アースガルズ』が教えてくれたからね。行けると思う」

「古代エルフの都の場所は、ミヒャエラ姉さんに教えてもらったです」

「だと思った。さすがラフィリア」

「えへへ。もっと、褒めてくださいです」

「えらいえらい」

「ごほうびに、今度はアイネさまと一緒に、マスターに愛していただくというのは——」

「『今度は』……ってなにかな？　なぁくん。お姉ちゃんに教えて欲しいな」

「ボクが説明した方がいいでありますか？」

「はいはい！　シロも説明したいかとー！」

「ちょっと待ってカトラスちゃん、シロちゃん！」

「リタさん。語るに落ちてますわよ。『今度は』の意味がばれちゃってますわ」

「なるほど……では、イリスも参考にさせていただきましょう」

ラフィリアは、宝珠を手に、いつものほわほわな笑顔。

アイネは僕に詰め寄ってる。でも、手に持ってる革袋は？

説明をあきらめたカトラスは、シロに服を着せてあげてて。

真《ま》っ赤《か》になったリタは、優しい目のレティシアに、肩を叩《たた》かれてる。

隣でイリスはふむふむ、と……絶対なにか企《たくら》んでるよね……。

結局、王家がどうなろうと、僕たちは変わらない。

そもそも、世界のシステムを変えたかったわけじゃないからね。

「帰りましょう。ナギさま。わたしたちのおうちへ」

「そうだね。セシル」

「魔族の都と、古代エルフの都には、きっと『働かなくても生きられるアイテム』がありますよ」

「でも、探しに行くのは、ちょっと休んでからになるかな？」

「そうなんですか？」

「…………うん」

まっすぐに僕を見てるセシル。

僕はなんとなく照れくさくて、横を向いた。

伸ばした手には、セシルのちっちゃな手が触れていて、絡めた指が、あったかい。

「セシルの身体が落ち着いて——というか、子どもの顔を見てから、だね」

「……は、はい」

「あれ？」

「どうしました、ナギさま」

「ぷしゅう、ってなっちゃうかと思ったけど」

「わたしだって成長していますよ。ナギさま」

セシルはえっへん、と胸を張った。

「ナギさまの子どもの、おかーさんになるんですからね。これくらいのことでは──」


「話がまとまったの」

「つまり、マスターとセシルさまがどのように子どもを作ったか、解説していただくわけですね」

「ラフィリアの話って、よくわからないけど説得力があるわよね」

「よくわからないけど、シロも賛成かとー」

「え？　これ、決定事項ですの？」

「……ボクはなにも聞いてないであります」

「つまり、セシルさまに見本を見せていただくということでしょう！」


気づくと、なぜか、みんなが僕たちの方を見ていた。

話の内容は聞こえてた。なんでそんな話になっちゃったのかはわからないけど。

とりあえず家に帰ったらなんとかするとして、今は──

「……ぷしゅう」

「やっぱりー！　セシル、しっかりしてー」

僕の膝に倒れ込んでくるセシル。

ちっちゃな身体《からだ》の重みは、出会ったころと変わらない。

成長したんじゃなかったの……？

こうして、王家が絡んだシステムは消え、『白いギルド』の残党も消滅。

僕たちは魔族と古代エルフの秘宝を手に入れた。

「魔族の都に行ったら、僕たちのことを話そう。消えてしまったアシュタルテーのこととか、報告したいことがたくさんあるから」

「…………はい、ナギさま」

僕の膝の上で、真っ赤になったセシルが、ぽつり、とつぶやいた。

馬車は夕暮れの街道を、『港町イルガファ』に向かって進んでる。

ひとやすみしたら、次に向かう場所の予定を立てよう。

『魔族の都』と『古代エルフの都』──そこに宝珠を返せば、魔族と古代エルフの記憶と話すことができる。そうすれば、大昔になにがあったのかわかるはずだ。

僕たちがこれから落ち着いて生活するためにも。

できれば『働かない生活』のヒントになればいいんだけどね。

「……でも、それはやっぱり、セシルの体調が落ち着いてからかな」

聖女さまとミヒャエラ＝グレイスにも話をしなきゃいけないし、できれば『海竜ケルカトル』にも報告しておかなきゃいけない。

それと、『魔族の都』と『古代エルフの都』の場所がわかったんだから、飛竜《ワイバーン》にお願いすれば、下見してきてもらえるかも。あとで飛竜のガルフェに声をかけてみよう。

でもまぁ、急ぐことでもないかな。
王さまとの決着はつけたから、今は、のんびりしよう。
屋敷に帰って、みんなでご飯を食べて──ごろごろして。
できれば……僕とセシルの子どもの、顔を見て。
そうしたらまた、出発しよう。
ゆっくりあせらず、世界の秘密を、少しずつ探る感じで。

「……むにゃ……ナギさま。わたし……もっとしっかりします」
「……セシルはそのままでいいよ。僕たちがチートなのは、スキルだけでいいんだからさ」

膝の上で眠るセシルの頭をなでながら、僕はそんなことをつぶやいたのだった。

あとがき

こんにちは、千月《せんげつ》さかきです。

『異世界でスキルを解体したらチートな嫁が増殖しました』第11巻をお届けします！

今回は、ほぼ全編書き下ろしです。


商業都市メテカルに向かうナギたちが、旅の途中で出会う相手とは――？

世界を救うという『公式勇者』と、その能力とは――？

組織を裏で操る、錬金術師の正体とは――？


『ＷＥＢ版』とは少し違う事件に立ち向かう『チート嫁』の物語を、ぜひ、読んでみてください！


『チート嫁』はコミカライズ版も発売中です。

2月に発売になったコミック5巻から、書籍版3巻のお話に突入しました。

ナギとイリスの丁々発止のやりとりや『海竜の伝説』など、盛りだくさんな内容です。

カタセミナミさまが描かれるコミカライズ版『チート嫁』は、月刊ドラゴンエイジで連載中です。

コミックウォーカーでも最新話を読めますので、こちらもよろしくお願いします。

カドカワＢＯＯＫＳさまからは、もうひとつのシリーズ『天下無双の嫁軍団とはじめる、ゆるゆる領主ライフ』も刊行中です。

女神のミスで異世界に召喚された青年ショーマが、最強の皇帝スキルを活《い》かして『のんびり生活』を目指すお話です。領地と兵を増やしながら荒れた世界を駆ける『異形の覇王』は、果たして望み通りの生活を実現できるのでしょうか……。

『天下無双の嫁軍団とはじめる、ゆるゆる領主ライフ』は、ただいま2巻まで発売中です！


さらにもうひとつのシリーズとして、ＭＦブックスさまから『辺境ぐらしの魔王、転生して最強の魔術師になる』が刊行されています。

守り神として村人たちに愛された『不死の魔術師』が、転生してもやっぱり家族や仲間に慕われすぎる物語です。２月25日に、第１巻が発売になりました。

こちらもあわせて、よろしくお願いします！


それでは、最後にお礼を。

書籍版『チート嫁』をいつも応援してくださる皆さま、『ＷＥＢ版』を読んでくださっている皆さま、本当にありがとうございます！　書籍版『チート嫁』はまだ続きます。次巻もぜひ、よろしくお願いします！

イラスト担当の東西《とうざい》さま。今回も素晴らしい挿絵をありがとうございます。キャラが多くてすいません。今巻で登場する新キャラも、本当にイメージにぴったりでした。

コミカライズ担当のカタセミナミさま。いつもありがとうございます。カタセミナミさまが描かれるコミック版『チート嫁』を読むのを、毎月楽しみにしています。

担当Kさま。いつもお世話になっています。素早いレスポンスと的確なアドバイスには、いつも助けられています。これからもよろしくお願いします。

最後に、この本を手に取ってくださっている皆さまにも、最大級の感謝を。

もしもこのお話を気に入ってくださったのなら、また、次巻でお会いしましょう。

千月　さかき

カドカワBOOKS

異世界《いせかい》でスキルを解体《かいたい》したらチートな嫁《よめ》が増殖《ぞうしょく》しました 11
概念交差《がいねんこうさ》のストラクチャー

2020年 3 月10日　初版発行

著者／千月《せんげつ》さかき

発行者／三坂泰二

発行／株式会社KADOKAWA

〒102-8177
東京都千代田区富士見2-13-3
電話／0570-002-301（ナビダイヤル）

編集／カドカワBOOKS編集部

印刷所／大日本印刷

製本所／大日本印刷

Printed in Japan
ISBN 978-4-04-073567-2 C0093

ケンノジ　イラスト／KWKM

歴代最悪と呼ばれた魔王を一人で暗殺し、表舞台から姿を消した伝説の暗殺者・ロラン。そんな彼が転職先として選んだのは、何の変哲もない冒険者ギルドで――!?　普通を目指すギルド職員の、無双な日常がはじまる！

カドカワBOOKS

最強素材も
【解析】【分解】【合成】で加工！
セカンドキャリアは絶好調！
白泉社アプリ
『マンガPark』にて
コミカライズ
連載中!!!!
漫画：榎ゆきみ
【修復】スキルが万能チート化
したので、武器屋でも
開こうかと思います